21世纪华语诗丛·第三辑

韩庆成／主编

花海心田

赵剑颖　著

知识产权出版社

全国百佳图书出版单位
——北京——

图书在版编目（CIP）数据

花海心田/赵剑颖著. —北京：知识产权出版社，2020.9
（21世纪华语诗丛/韩庆成主编. 第三辑）
ISBN 978 - 7 - 5130 - 7090 - 4

Ⅰ.①花… Ⅱ.①赵… Ⅲ.①诗集—中国—当代 Ⅳ.①I227

中国版本图书馆 CIP 数据核字（2020）第 141331 号

责任编辑：兰　涛　　　　　　　　责任校对：谷　洋
封面设计：博华创意·张冀　　　　责任印制：刘译文

花海心田

赵剑颖　著

出版发行：知识产权出版社有限责任公司		网　　址：http：//www.ipph.cn	
社　　址：北京市海淀区气象路 50 号院		邮　　编：100081	
责编电话：010 - 82000860 转 8325		责编邮箱：zhzhuang22@163.com	
发行电话：010 - 82000860 转 8101/8102		发行传真：010 - 82000893/82005070/82000270	
印　　刷：三河市国英印务有限公司		经　　销：各大网上书店、新华书店及相关专业书店	
开　　本：880mm×1230mm　1/32		印　　张：8	
版　　次：2020 年 9 月第 1 版		印　　次：2020 年 9 月第 1 次印刷	
字　　数：85 千字		全套定价：218.00 元（共十册）	

ISBN 978 - 7 - 5130 - 7090 - 4

新世纪诗歌的一份果实

赵金钟

基于今天的语境，我们似乎可以下如此断语：网络引领了21世纪的诗歌。毫不夸张地说，当下最强劲的诗歌"潮流"是网络诗歌。它凭着新媒体的优势，以一种新的审美追求，猛烈袭击着纸媒诗歌，对传统诗学提出了挑战。所以，我们讨论新世纪诗歌，无论如何也绕不开网络诗歌。网络诗歌给新诗创作带来了新的元素。与此同时，由于其临屏书写的自由，又给网络诗歌自身，进而给整个诗歌创作带来了新的问题。这也是我们讨论新世纪诗歌必须参照的"坐标"。

一

进入21世纪以来，利用互联网进行创作或发表诗歌作品的现象十分活跃。学术界或网络界一般称这类诗歌为"网络诗歌"，也有人称之为"新媒体诗歌"（吴思敬）。它的出现给诗歌的创作与传播带来了深刻的影响，"在改变了诗歌传播方式的同时，也改变着诗人书写与思维的方式，并直接与间接地改变着当代诗歌的形态。"[1]它给诗坛带来的冲击力不啻为一次强力地震，令人目眩，甚至不知所措。赞成也好，不赞成也好，网络诗歌就不由分说地站在了我们面前，并改变着传统媒体诗歌业已形成的写作传统，直至形成了新的审美体系。韩庆成在《中国网络诗歌 20 年大系》的序言中认为，网络诗歌在诗歌载体、诗歌话语权、诗歌界限和标准、诗人主体、先锋诗人群体五个方面，对传统诗歌进行了"颠覆"。[2]

网络诗歌首先带来了诗歌写作的极端自由性。这是传统诗歌无法企及的。网络是一个极其自由的场域。它的匿名性和虚拟性创造了一个"去中心"或"多中心"的民主意识形态空间，以让写作者自由地临屏徜徉。网络作为巨大而自由的言说空间，为诗人存放或呈现真实的心灵提供了广阔无边的平台。这一写作环境给予写作者空前的"自主权"，使得写作真正实现了"自由化"。自由是网络诗歌的灵魂，也是新诗写作的灵魂。然而，由于各种诗人难以自控的外力的影响，纸媒时代，诗歌的这一"灵魂式"的特性却常常难以完全呈现。这种状况在自媒体出现的时代得到了极大的改观，网络诗歌引领诗歌写作朝着深度自由发展。

当然，过度的"自由"也带来了一些麻烦：有的诗人任马游缰、信手写来，使得他们的诗作常常在艺术上与责任上双重失范。这不是自由的错。但它提醒诗人：艺术的真正自由不是"无边界"，而是在有限中创造无限，在束缚中争得自由。自由应是创作环境与创作心态，而不是创作本身。无节制的"自由"还带来了另一种现象："戏拟、恶作剧心理大量存在，诗的反文化、世俗化、极端个人主义倾向非常明显。"[3]这在一定程度上损害了诗的健康发展，需要我们高度警惕。

我欣喜地看到，"21世纪华语诗丛"这套专为网络会员和作者服务的"连续出版的大型诗歌丛书"，正是在这样的背景下应运而生。丛书第三辑的十位诗人，在网络诗歌时代恪守着诗歌的艺术"边界"，他们各具特色的诗歌作品，从某种意义上，代表了当今网络时代诗歌的"正向"水准和实力。

二

生活化，是新世纪诗歌写作的另一重要审美追求。这里的生活化，既是指诗歌写作贴近现实生活，表现生活的质感和生命，又是指写作是诗人们的生活内容，是他们为自己生产消费品的一部分，更是他们实现自我价值的重要途径。

在《1844年经济学—哲学手稿》一书中，马克思首次把人类的本质规定为自由、自觉的生产活动，并明确指出："宗教、家庭、国家、法、道德、科学、艺术，等等，都不过是生产的一种特殊方式，并且受生产的普遍规律的支配。"[4]在此处，马克思在将艺术活动看作一种生产的同时，又将它与政治、法律、宗教、道德等活动一同作为整个社会生产的一种特殊的精神生产形式加以论述。根据马克思对社会历史客观过程的分析，人类生活可分为物质生活与精神生活两大领域。为了满足自身这两种生活的需要，人类必然要从事物质的和精神的生产。同样的道理，诗歌写作其实也是写手们在为自己、扩展而为人类生产精神产品，并在这一生产过程中完成自我价值的实现。

从这套诗集中，我们能够感觉到写作对于诗人的重要性。它对于诗人，是为了释放，为了交流，也是为了提升，为了自我实现。因此，写作成了他们生活的重要内容，是他们向世界发声或讨要生活的工具。

从此，不从地下取水 / 我的井在天上 / 不再吃尘埃里的一粒粮食 / 我的粮仓在云上

——黄土层，《纺云》

像这样的诗歌，以极简约的文字呈现着来自生活的深刻感悟，就是难得的好诗。新世纪诗歌存在着一种重要现象，即大量被往常诗歌所忽视或鄙视的形而下情状堂而皇之地进入诗的殿堂，并被诗人艺术性地再造或再现，是生活化或日常化的一个重要递进。

三

新世纪诗歌的后现代性已为学界所关注。实际上，后现代性早在 20 世纪"新生代"即"第三代"诗歌那里就明显存在了，且引起了不小的争议。而在新世纪，它似乎表现得更明显和更深入。"后现代主义"的介入，给中国诗歌带来了相当大的冲击，甚至可以说，它深度改变了中国当代诗歌发展的格局。

后现代性感兴趣的是解构。西方后现代主义哲学，即乐意

从不同层面解构传统的逻各斯中心主义，消解以逻各斯为中心的关乎"规律与本质"的意义结构。它的突出特征是解构宏大叙事，消解历史感，具有"不确定的内向性"。而受其影响的新世纪诗歌中的后现代性，则又具有"平面化""零散化""非逻辑性""拼贴与杂糅""反讽与戏拟""语言游戏"等特点[5]。如果细数这些特点的优点的话，则可能"反讽与戏拟"更有较为永恒的诗学价值与审美意义。也正是在这一点上，新世纪诗歌为中国诗歌提供了可贵的新元素。

> 如今我活着 比任何一个死人都坚强／像一株无花果 敢于没有和不要／我的自在 不再是花开不败／而是不开花
>
> ——高伟，《第1朵花：无果花》

这首诗有着明显的"后现代主义"色彩：反讽、反仿、反常理等。诗人以一种略带调侃的口吻消解主题的严肃性和目的。这是"后现代主义"反叛"古典主义"和"现代主义"，消解中心、解构意义价值观的体现。不过，剥去这些表象，单从取材角度和情感取向来看，这首诗歌还是较为清晰地表现了诗人对于生命价值乃至人类某种崇高性的思考。

第三辑中的每部诗集，都有可资圈点之处。马安学的《谒宋玉墓祠》：隔着两千多年的距离／踏着深秋的落叶，我去看你；老家梦泉的《北方的雨》：在北方／雨水／是你梦中的情人／／深闺的围墙／总是／高高的；赵剑颖的《槐花开》：五月，白色花穗从崖畔／垂挂亿万串甜香，春天已经走了；香奴的《幸福的分步式》：把红酒倒在杯中三分之一处／我总是停不下来／／要么斟满，要么一饮而尽/我不喜欢幸福的分步式；于元林的《我们相逢在一朵古老的泪花上》：这个春夜 天空缓缓降下/银河如大街一般 亮着灯光/我们相逢在一朵古老的泪花上/我们要到初醒的蛙鸣里去说话；南道元的《谷雨》：谷雨断霜，埯瓜点豆/持续的降雨不会轻易停止/在南方/春天步入迟暮；钟灵的《晒薯片》：田畴众多。越冬的麦苗上/细长而椭圆的红薯片/宛然青黄不接时，乡亲们饥饿的舌头；袁同飞的《童谣记》：时光那么深，也那么久/遥远的歌声里，仿佛能长出翅膀/长出枯荣。像这样出彩的诗句，诗集中俯拾皆是。这些作品，都凝聚着诗人独具个性的诗性体验。是啊，诗是一种高度个性化的"物种"，只有那些异于常人的观察、发现、体验，才能发出个体的味道。跟"文"（散文、小说等）相比，诗更看重内情的展示，看重结构上的化博为精、化散为聚，看重将"距离"截断之后的突然顿悟。因为"人们要求的是在极短的时间里突然领悟那更高、更富哲学意味、更普遍的某个真理。这可以是诗人感情的果实，也可以是理性的果实。诗没有果实，只有'精美'的外壳（词句、描绘）是一个艺术上的失败。"[6]

"21世纪华语诗丛"第三辑，正是新世纪繁茂的诗歌大树上结出的"感情的果实"。

（作者系岭南师范学院文学与传媒学院院长、教授，广东省中国当代文学学会副会长。）

参考文献：

[1] 吴思敬. 新媒体与当代诗歌创作 [J]. 河南社会科学，2004（1）：61-64.

［2］韩庆成. 颠覆——中国网络诗歌20年论略［G］//韩庆成，李世俊. 中国网络诗歌20年大系. 悉尼：先驱出版社，2019.

［3］王本朝. 网络诗歌的文学史意义［J］. 江汉论坛，2004（5）：106 - 108.

［4］马克思. 1844 年经济学—哲学手稿［M］. 北京：人民出版社，1979.

［5］张德明. 新世纪诗歌中的后现代主义文本浅谈［J］. 南方文坛，2012（6）：84 - 89.

［6］郑敏. 诗歌与哲学是近邻：结构 - 解构诗论［M］. 北京：北京大学出版社，1999.

种一片花海在心田

每个人心里都有一块隐秘领地，存放甜蜜回味，修复刻骨伤痕，这就是故乡。

我的家乡在沣水之滨，是周王朝的京畿之地，是礼乐之乡，礼仪之邦；是汉武帝训练水师的昆明湖畔，唐王朝国际化大都市的繁华延伸；是《诗经》里的意象，是"关关雎鸠，在河之洲"的那条河，岸边苇荻枯死又重生，几千年以来循环如此。

那些优美、哀婉、悲愤的诗句，与我亲身经历的生活相去遥远，又气息相通。我对饥饿没有印象，对贫穷和无奈，感受深刻。父辈们整年整天在地里劳作，只能勉强不饿肚子，没有精神生活，没有追求，也没有改变命运的觉悟和能力，用麻木的恐惧形容都不过分，那种感觉一直萦绕到现在，经常浮现眼前。从前太小，看到的只是善良和淳朴，是吃饱饭后的全部满足，这样的日子清贫而静谧，一直陪伴我走出家乡。

出生到现在，不论求学还是工作，都在百十公里以内，没有远离，所以我对故乡的边界很模糊，也没有过高期待。看到了丑恶，内心总是倾向于发展带来的跃升和向真向上的美好，大浪淘沙，总有泥流随水浑浊，要给现实以转弯的距离，给自己接受残缺的时间，痛苦是谨慎的思考，是戳破虚伪浮沫的针刺。

村子拆迁，大家拿到赔偿，住进社区高楼，过上了衣食无忧的生活。压抑已久的人性阴暗，在拆迁时充分暴露，面目狰狞。从前面朝黄土背朝天，肉身伤痕累累，物质需求满足后，精神躯体沟谷纵横，陷阱遍布。

这种剧烈变革，像一股泥石流横冲直撞，千年以来，百年以来，传统的生活方式彻底颠覆，欣喜之后，诱惑陡然膨胀，更大的空虚笼罩头顶，熟悉的笑脸变得陌生，悲哀地发现，财富赋予一些人翅膀，可以飞得更高，也给一些人通往深渊的捷径。对故乡，我是爱恨交织，无以言表。

1993 到 2010 年期间，每次回老家，我都会刻意避开沣河，不去看她的千疮百孔和恶臭伤疤，有一年弟弟钓了条鱼，剖开，鱼鳔都被染成黑色。我们需要一块净土，种植草木花香，滋养灵魂，花海种在心田，心田就是思念。故乡，就是这样具体的地方，可以自己怨恨，不容他人指点，允许夜里痛哭，不给白天留一丝泪痕。故乡，就是这样不能忘却，像胎记长在骨血里，时间擦不掉，腐朽沤不坏，走得越远，离开越久，越期待回溯。故乡是灵魂的朝拜，精神的回望，迷茫时看看埋葬脐带的原点，忘形时看看走过的蹒跚，让心有个完整体验。故乡，也可以是任何地方，让心宁静，让爱扎根，这是生命初始的启示，终极的箴言。

这不是个人小情绪，是所有从土地出走，成为城市人的共同心声，这不是自己老家的变革，是农村变革浪潮里的一滴水花，折射了一代人的纠结和期盼，蜕变的阵痛，如同分娩，撕心裂肺后，会迎来一个诞生，这个孩子就是明天，就是希望，就是我们为之奋斗，为之牺牲的全部追求。工业推动社会进步，城市让生活迅捷便利，眼界抵达月球，身体下潜深海，这不意味着故土就可以丢弃，乡情就可以淡忘，回想人间第一口乳汁的甘甜，第一眼所见的温暖，那种舒适满足，没有什么可以替代。

心里住着一群羊，渴饮泉水，饥食白云，每个人都想成为无忧羊倌，在青山绿水间放牧情怀。这是我们永恒的原乡。

赵剑颖

2019 年 8 月 30 日

目　录
CONTENTS

第二辑　胎　记

第三辑　亲情空间

第一辑 花 海

抖落一身星芒，让它遍地逃亡
泥土的通道全部打开，如同
天空的开放，不设围墙篱笆
门窗无处安放，极目看到了你
心跳的节奏，脉搏的力度

清醒时陷入情境，沉醉时
格外理性，把完整打破成碎片
再把残瓣补缀齐整，撕扯糅合的
反复过程中，阳光渐浓
炙烤手背盐粒，结晶许多故事

——选自《种一片花海在心田》

永寿，槐花开了（组诗）

槐花开

五月，白色花穗从崖畔
垂挂亿万串甜香，春天已经走了
风吹不透稠密，林子里不再是
一棵树挨着一棵树，月光穿过时
有了颜色，有了温度和味道，必须绕行

静夜对白，是蓓蕾爆裂的光芒
在黄土塬破碎的沟壑间，传递回响
褶皱额头泛起，难得温润的柔滑
年轻的血液，在脉管里轻快流淌
周身骨头正在复活，正在起立

锐刺冷峻，是瘠薄里无奈的选择
干裂铁青只为呵护，甜蜜柔嫩
漫长的潜伏期，要怎样的信念支撑
跨过一道道沟，爬过一座座山
让思想的力量最终抵达，熊熊燃烧

透过浓厚荫蔽，展望无垠星空
意念来自远方，必将回馈遥远

循环不息繁衍生命的意义，无私奉献
彰显可贵品质，遍野的平凡
出离了庸俗攀比，清冽纯粹

飘落，又开放

迟钝在，初春暖风吹不到的角落
冷硬干瘦的铁色，不含一丝活力温度
任凭山花次第妖娆，深眠于去年的夜
曙光穿不透外在觉醒，需要时间等候

萌发来自内心，力量可以激活
不能赐予，粗糙的身体里飞出玉蝴蝶
柔情垂挂密刺旁侧，我似乎读懂了
这敏锐的呵护：你的春天更短暂

谁都走不出春天，如果理解死亡
只是一个年轮的必经过程，飘落就
不会悲哀，盛放就弥足珍贵
等待的希望，充满欢喜

槐花的哲学

高贵的内心无须色彩点缀
纯白似乎什么也没有，却包纳万象
朴素的外在蕴含丰盈馨香
不必刻意伪装，无须多余饰品

恒久坚持让枯枝生花，翩翩起舞

木讷的本性掩不住鲜活浪漫
表白不用语言，只要行动
给它春天，给它空间和舞台
给它希望的方向，以及阳光的来源
时间到了，一切自然成熟

不能插瓶豢养的野性，奔腾在
宽广空旷，丛林之中的独立
只有向上伸展，才能走出沟壑边界
向高向远，突破自我设置的围墙
回顾来路，其实空空无碍

一点雨水滋润干渴，万道光芒
激发嬗变，还要恒温的胸怀包容
给你饱满荚果，给你甜蜜记忆
让生命无限延续，让美好的现实
可以真切触摸，完全拥有

槐花蜜

父亲粗粝的掌纹，磨平了
崖畔光影，光滑了犁把儿上的节疤
细碎波浪从一边倒向另一边
再从另一边翻回来，充分暴晒在

夏天的燥热里，改变隐秘进行

屋后浅山坡，筑出接天的阶梯
云层压弯身体，晨雾偶尔给它
几口直立喘息，为了看到更远的荒凉
填不满的沟壑，是没有铁门的牢笼
你自愿囚禁于此，把自由种进黄土塬

把希望寄托在干枯枝丫
和黄瘦须根，与烟叶互诉衷肠
让暮光点燃星辰，照亮下山的陡峭
还有那只叫黑子的小狗，甩着尾巴
陪伴左右，叫声撕裂孤独包围

都市的霓虹钝化了口感，我消化
酸辣苦涩，生猛海鲜没有一丝味道
纸胎的骨瓷盘盏，装盛槐花麦饭
来自童年的硬梗，堵住了欲滴的泪
我看见，你生满倒刺的粗手
捧着大碗，正品咂醉心的甜

每日一餐

面粉从家里带来，水从泉眼汲取
灶台由土坎凿挖，柴火是枯死树枝
菜是随处可见的嫩芽，槐花

身体属于山林，时间属于脚步
把吃饭压缩到极致瘦小，便于携带

生过的火堆要完全冷却，如同生硬铁块
日出之前出发，星空之下归来
草路通向迷雾深邃，熟悉如掌纹，善变如流云
每一次开始，都有全新的内涵
今天的作用就是，修补昨天的漏洞

行走曲折，贴近山脊线
石头在脚下腐朽，落叶在泥里渗透
风摇摆着外围的舒展，距离阳光雨水
最近的臂膀，是眼光的通达
带着自由呼吸穿行真实，飞翔天际

绿色，起伏连绵

尘埃沾满心窗，浊水淹没心房
挣扎的泥石流坍塌了陡峭转弯
梦长在光年之外，直立起
攀缘勇气，天梯是无形的路
引导迟缓脚印，一步一声沉重喘息

也曾寂寞无助，纠结在荒凉之秋
你描绘的翠屏山，搁置浅滩
我向往的清凉夏宫，建在沙砾之上

一片干燥的白光，耀痛泪眼
稚嫩嗓音磨出厚茧，只有负重而行

把树苗种到山上去！苗子在山下，林地在山上
中间隔着空旷，超出水泵的压力
超过漆水河的视野，背负土球一步一步
向高攀升，越匍匐越接近巅峰
预设目标以仰视的姿态，在脚下臣服

在大地胸膛挖开鱼鳞坑
品字形排列，最大限度收集径流雨水
自然的馈赠不能靡费，没有风景
只有湿汗，没有飞翔的想象
只有辛苦补救渗漏的无踪

大地没有怨言，山川起伏委婉
星空下一方疆域，焦渴退缩
干硬变成酥软，泥土回弹青春的滑柔
走在铺叠落叶之上，腐朽里四溢美好
脚步声醇厚清冽，心情安静在母亲气息的怀抱

绿色挤走肆虐呼啸，倒刺划破灰蒙的
窒息笼罩，氤氲沉浮填平了断裂沟壑
你走在一马平川的开阔，视野尽头
冰山连绵，飘浮在天空之城
那是深耕厚植的源泉，从血管里汹涌

桃花，燃烧在体内

1

你前世一定在我体内种植了火种

否则我的烈焰，怎么会一直燃烧

从诗经里到咸阳宫，炙烤干涸灵魂

一阵风是爆发的最好借口

一场雨让它更猛烈

2

一支枯木跟随夸父追日

感念太阳的永恒，缅怀主人的执着

落地开花，凝结了血与光的魂灵

从树枝爆裂，推开萼鞘包裹

鲜红的源头永不枯竭，流动在星空水泽之间

覆盖了黄土塬的荒凉悲哀

3

是不是我只存在于乐章

诗篇和扇面，我不愿是爱的躯壳

我要成为血肉身体，触摸你的肌肤

呼吸你的气息，做庸俗的凡人

洗衣，做饭，吃醋，伤心，等你来哄

4

每一株桃树都在用生命

书写自己的爱情史诗，要么

像碧桃那样妖娆艳丽，无果而终

要么像山桃那样青春短暂，籽种饱满

为爱或者被爱，死一回的勇力

催开无惧花朵，四射光芒

5

公元前 158 年，你驻扎沣水岸边细柳营

"披甲，锐兵刃，彀弓弩"

我只是路旁，一棵被人遗忘的桃花

你的刀光我刻印脑海

我的闪亮年复一年从未改变

百世轮转，流水改道，我们偶遇渭水河畔

我的灿烂被瞬间点燃，肆意泛滥

请你一定不要阻止，这千年等待

6

萧瑟里第一枝明艳

冰消后第一抹云霞，春风

只是恰巧路过，心头注满天外之光

撷取一支桃红色，安放目光所及之范围

远山，近水，云烟，你的脸颊

都被这暧昧俘获，沉醉不醒

7

你所说的希望是什么
你所说的永远有多远，我不知道
只看见桃花在昨夜，散满星空
内核的力量让她的光华，穿透所有墙壁
一切阻碍自动消失，我似乎醒悟
刹那即是永远，希望就是开启的方向

8

有关桃花的故事，盖印悲剧色彩
有关桃花的评价，注脚流水无情
可是为什么想到桃花，内心骚动不止
身体里冰雪解冻，胸膛的欲望破土而出
如同青春的旺盛，得不到的人暗生忌恨
沦陷其中的人，深藏微笑

9

花开的瞬间，时间凝固
花开的日子，思念从遥远归拢眼前
花开的那年，数着星星丈量距离
花开的那世，我在一旁看风景
偏离了与你同步的轨道，陨落为
无数燃烧的灰烬，照耀夜空

10

如果爱能聚合一点，一定
珍藏桃花心尖，剥开片片花蕊
刺探敏感神经，她尖叫着开放
忘记生死，无我无物
关闭一切通道，回应你无言注目

11

春天，一万亩桃花都开了
天上人间的红色，汇聚一起
浮游星辰脱离旋转，从夜空跌落
感觉脸颊突然滚烫，心鼓被亿万只
眼睛擂响，我手足无措
该如何安放这薄如蝉翼的身体

春天有绿，杏花有白

1

不忍见你微雨里的泪流
却看到了，炙烤中的痛苦
也许不该多虑，绽放已经足够
天上有多少无雨的白云
树上就有多少，无果的花枝

2

凋零在昨夜完成，今天
我们驱车百里，只是去祭奠
对她来说没有意义，对自己的心
却是必备的仪式，对任何亡灵
都该报以尊重，一定要亲自送一程

3

短暂的一瞥更让人铭记
这是运数，不管是惊艳还是刺痛
烙印永不泯灭，孤独的星夜
你轻轻舔舐伤口温度，和昨日柔情

4

萼是教母一样的存在，燃烧冰凌
融化冷霜，为花扫除一切壁垒
把她藏在心头最温柔，把她双手捧出
看她举世无双，看她嫁与春风
含笑默然凋残，春天里的死亡处处深情

5

成片的杏林喧嚷热烈，适合分享
我却总是驻足荒野，那一树孤独前
没有谁通报春的信息，她以心捕捉
变幻天色，没有谁抵御肆虐霜冻
她怀抱自我，等候曙光来临

6

公园的杏花明艳动人
却从没有等到果子黄熟的时候
欣赏的眼长在摧残手上
山沟里被人遗忘的枝梢，总是
繁稠累垂，散落一地孤独

7

面对粉嫩的柔弱，心里的剑融化成水
布满厚茧的手掌举起投降书

愿意为你做个懦弱俘虏，骨气渗进泥土
硝烟消弭于无形，同生共荣

8

废弃院子的两株树，成为
彼此的依靠，你开花我也开花
你坐果我也坐果，可是为什么
你的杏子五月成熟，我的杏子六月才黄
你的果仁回味甜蜜，我的心核苦涩绵长

9

"花可观赏，果可食用
枝条可做燃料，叶子可做饲料"
最憎恶这理性的冷静，两千年的驯化史
浸透血腥无情，多少美好被肢解
多少渴望被扼杀，心蕊那一点残红的抗争
是无法抹掉的证据，保留原始朴素

10

雪容颜开放铁硬骨，你不是轻浮尤物
任何亵渎的语言和举动都该自惭形秽
触手的弱小容纳无尽天地
天空不会遗忘每个角落，光芒平等照耀
从不给万物贴上高尚和卑贱的标签
镀光的花是天地挚爱，人间仙子

11

一地白雪，告诉我昨日繁华

满枝空虚，是落寞的释怀

漫长等待只为这片刻欢愉

得到如果意味着终结，我宁愿恒久守望

让心里爱的光焰，永不熄灭

12

时间被切分成线段，从花到花的距离

隔着夏秋冬，从花到花的旅途

结出了爱的果实

春天还是去年的温度

心里的花园完成了升华

叫我如何感恩，这多情的天地赐予

腊　梅

1

守望公园里一树枯萎，看她突然发育
也许深夜，也许黎明之前
暗香绽放，以不可阻挡的力量
宣告青春走在路上，美好隐匿
冰层浅表，自然来到

心中遗憾，没有见过山上
岩石旁自在的腊梅花所结的青绿果
微小到被鸟雀忽略，卑微到
任风践踏，也带着初始的魔力

总是对野生的事物保持尊重
期冀看到不受拘束的自我
也向朴素的存在鞠躬
没有被浸染的纯净，稀缺贵重
立于浮尘之上，审视起落变故
心中那点火从未泯灭

2

你在等雪，我在等你

我们同时开放在夜里
一样的均匀呼吸，相似侧卧的姿势
白天不能表白的，呓语在浅睡中
脱口而出，那么自然，没有迟疑和羞涩

黄色点亮冰冷火焰
一点红光，居住心房
怎样的瞳孔才能窥见燃烧的欲望
无言种在脸颊，越冷漠越热情
消融冬天细足，随日影移动
时刻靠近报春花的风铃

舌尖品到了微甜回忆
更多感觉瞬时复活
奢想了多种结果，超越现实桎梏
通往深邃秘境，霞光四射
凤凰驾着马车迎面而来
失落的美好正在前方等待

3

不爱，有万千个借口
爱，只有一个理由
比如对冬天的评价，对雪花的无言
每一片开放，都是美好再现
冰冷荒凉处，生长着许多柔情

透明裙袂折射太阳虹彩

怎样才算真正拥有
轻轻落在掌心，仿佛回响前世声音
林深处的风景，从洪荒流到指尖
游走全身，每一份感觉都被撩拨
爱，自由穿越，畅通无阻
在看不见的地方，卑微蜷伏

小心护守易碎的感觉
在冻凝与融化边界，维持温度
进一步，是伤害
退一步，也许是最好的成全
隔着窗户看脚步里，天空慢慢长高
所有幻象都隐匿其中

4

表情写在脸上，华丽出场
暗夜流淌藏不住的喜悦
爱给予表达无限的勇气和力量
顶着冰雪依旧灿烂
迎着寒风洋溢春天的华光

不是羞涩的慌乱无绪
一朵凋零一朵开放，还有许多依次准备

经历缀连成圆满弧形，从起点回到起点
包含起伏过渡，和必然的转折
所有结果事先已经知晓

没有意外，未曾失落
律动浮在掌纹波声，宁静祥和
粉红眼睛的蚜虫住在心房啃食绿色
只剩纯白，如同最初的纤尘不染
天空空洞无物，高远深邃

5

枝手伸向天空等待远方呼应，高过头顶
要仰视才能看清你此时的心情
一袭如丝锦绣，簇拥几蕊鲜红跳动
我们长久对视，没有说话，灵魂渗透融合
一见如故的熟悉，起伏在气息

蓓蕾，生发枯萎叶下
无数次突破，不需要理由
也许答案只是沉默，爱自由流淌
靠近的瞬间，心底感知那些漂移
光芒点亮寒夜火烛，沐浴在温暖怀抱
时间仿佛凝滞，万籁俱寂

激情按捺不住，等不及春风问候

我欠你一世承诺，要怎样才算偿还
许你今夜雪落眉头，停驻眼眸
送你梦里雨声，化作飞花萦绕
撷取一瓣暗香，浮动清晨枕边
光明已经来到身旁，双臂紧紧拥抱

还有许多犹疑，孕育冰凌透明
在玻璃窗外冻结最美的意象
新草从地面露头，夏季的风轻柔划过涟漪
秋叶的森林里曲线分明，仿佛回放铭刻的记忆
串珠成琏，围绕脖颈肌肤，亲吻一寸敏感

守望萧瑟天空，期待夙愿降临
翩然飞扬，堆砌年少的幻境
美好总会成真，在专注凝神的方向
踩着洁白纯净，深浅脚印里盛满牵手的温度
一直走下去，不去关心路过的人，不要问尽头

种一片花海在心田（组诗）

柔软的心

我总是反思从前，消化眼前
以沉默代替反驳，以低头表达和解
以忙碌塞满空虚的夜色，以笑容
遮挡落雨的天空，我知道内心的走向
可是没有一个真实，能够让我抓握

如果不相信意念的存在，会真实展现
波涛将归于宁静安闲，直至覆盖死亡
沙砾归于稳固，泡沫消失无迹
阳光穿透蔚蓝表层，滋生众多浮游生物
谁能体会，海底火山的涌动暗流

一个声音总是回响脑海，这不是归属
不是终结，不是叹息的惯性下坠
不是道德的绑架屈从，不是责任俯视的指点
不是杀死本心的理由，辜负了全世界
也要宣誓真爱的追求

我掰掉飞扬锐刺，挤净遍身毒素
卸下全副盔甲，把最虚弱的柔软

呈现给你，我斩断所有后路
只为注入向死而生的勇力，逆流泅渡
抵达梦里神往的云上，笑送过往

种一片花海在心田

五月，注定是蔷薇的世界
哪里没有沁骨的香气呢
眼角笑，心底念，梦里人
都悬浮在透明晨晖中

抖落一身星芒，让它遁地逃亡
泥土的通道全部打开，如同
天空的开放，不设围墙篱笆
门窗无处安放，极目看到了你
心跳的节奏，脉搏的力度

清醒时陷入情境，沉醉时
格外理性，把完整打破成碎片
再把残瓣补缀齐整，撕扯糅合的
反复过程中，阳光渐浓
炙烤手背盐粒，结晶许多故事

情节攀缘雨线，盘旋而上
寻找更高远的诉求，回音落入深井
寂然无声，可是我们都清楚

一些改变已经发生，从遇见的那刻
从你的脸披着金光的时候，开始

走进你的星空

让我走进你的酒窝，那里层叠着
年轮的涟漪，层层扩散逝去光阴
我仰头找寻，亲吻每一条弧度

让我走进你的手掌，十指连心
每个抚摸动作，重复传递爱的脉冲波
吸纳与呼出，区别于往日的随意

让我走进你眼眸，一潭深邃的幽静
难以捉摸，努力的方向是挣脱是沦陷
潜身丰盈水色，突然有失重的虚无

让我走进你的记忆，过往随风而去
现在已经打开，未来的奠基昨天开启
一杯水的滋润，逆流成不竭河流

让我走进你的枝干，丢弃明艳
把花序隐藏房室，暗结绿果
让甜蜜无声蓬勃，给种籽充足的光照

让我走进你的石头，剥开铁锈硬壳

暴露柔软的赤裸，浓红的真实
是鲜血凝结的露珠，你并不哀伤

让我走进你的起伏，直到远方之外
看见的瞬息遗忘，看不见的长久存在
有形的物质受无影的意志主导，旋转在边界

让我走进你的泥土，蛰伏腐殖层
让阳光休眠，胚芽卷曲在厚度种核
倾听雨水召唤，舒展一对毛茸子叶

让我走进你的星空，张扬极致广阔
没有稳固轨道，用力只会加速碰撞
宁愿相信那不是消亡，是重生

在人间

天空打响诸神之战，硝烟飞溅
人间静在尘埃，初夏夜
蛙鸣从气泡吐出浮躁，虫声单调重复
花香充盈鼻翼，草味覆盖一切

我走过池塘，看见七色月光
想把自己放逐远方，无所事事
无端欢喜，任幸福飘飞云上
只向爱低头，只为心祈祷

我也向山川河流，送去祝福
让回声响彻，携手仰望的青天
听到的人面容慈祥，眼光温柔
得到的人如水清澈，深藏若虚

我向往事致敬，感激赐予的沙砾
把痛楚磨蚀化解，让珍珠一天天圆润
植入你心头，生出依恋的根
紧紧吸附弹力脉管，循环不息

今世缘

独步星空，被一束光芒击中
黑夜蛰伏身后，小心绕行
把阴影甩给过往，成为浓阴的和柔
花朵已然凋谢，不再贪恋昨日芬芳
我的果实持续膨胀，暗藏甜蜜

你的出现，弥补了世间缺憾
从此不再抱怨出生的困惑，命运的不公
也无意追究那些曾经成为伤害的源头
言辞，私语，孤独，所有射出的箭镞
都裹上了松软棉绒

很多人路过，谁会永久停留

赠予温暖胸怀，许诺圆满归宿
你给了我奢望的力量，即使以压抑存在
时常纠结在梦境，比如昨晚
一只陶罐突然生出缠绕的柔软
昂起开叉的芯子，向我袭来

温柔可以伪装，表情可以夸张
语言很多时候只是道具，用来表演
唯有心疼的感觉不能言说
波漾从指尖出发，直达你的脉动
我在泪眼的模糊里，眺望未来的方向

给我们

1

如果自信，就无须这一天的欢庆
甩开桎梏皮囊，把心放逐阳光下
每一天都披着爱的光芒，必将永恒

2

如果爱能说出来，你的耳朵会被
声浪淹没，窒息在持续叠加里
每一朵飞溅的水滴，都是表白

3

我只想蜷缩一团，住在你心里
任凭风雨搅扰，纹丝不动
你的身体，阻挡所有敌意和进犯

4

梦这个叛徒，出卖了我深藏的念头
兀自演绎你我故事，那样真切
包括细节，和嫉妒者的蓄意破坏

5

爱是光，是能量，是方向
是黑暗与颓废的克星，一往直前
有时也是曲线，小心在外围徘徊

6

捧着一颗易碎，把它贴紧胸前
让它们同频振动，让我们成为一体
所有纷杂都是静音，世界只剩心跳

7

千百次演练的勇气，突然退潮
裸露心搁置浅滩，裹满沙砾
保护最后一丝矜持，不敢直视的胆怯

8

酿造一坛醇厚，把心思封藏
添加春意的酒曲，爱在黑暗里发酵
沉醉需要时间，需要缄默

9

翻阅没有表情的文字，一些熟悉
迎面而来，融化心里壁垒
拥抱我的颤抖，眼泪为谁冰凉

10

力量发自内心渴望，爱唤醒春天
让你嗅到空中的馨香，听到天籁的音乐
在风中回荡，就是这么简单

11

白天属于身体，夜晚属于自己
黑暗里结出的果实，在黎明呈现
追随太阳脚步，每个黄昏都孕育黎明

12

把物的需求压缩一隅，腾出更多空间
让灵魂自由呼吸，让爱盛放
龟裂的枯枝定能抽出可爱的嫩芽

13

爱让我轻盈，理性让我平静
真讨厌这虚伪的道德，给你的光明
只是遥远过客，感知却无力触摸

14

你不是黎明，不是正午
这光华却如此刺眼，热度灼烧身体
我小心翼翼穿行

15

想到生活，觉得在遥远之外
想到爱，感觉就在手心
我努力抓握，只抓住了柴米油盐

16

想到你，热血里渗出冷泪
想到我，新叶上飘落雪花
春天正在来的路上，错过只是一瞬

17

死火山会爆发吗，谁知道
地动山摇不会震醒，一片秋叶
也可能触动最细微的感觉，失控爆发

18

无数次解读你的眼神，追问
深邃幕后的偏爱，然后解剖我的内心
察看爱的投影可以感知的范围

19

回到汉朝，在北塬放牧一群羊
数着星星过日子，让流水滋养身体和灵魂
甩出的鞭子，留下一串传说

20

或者回到秦朝，藏身垛口之后
让弓弩射出飞箭，刺穿他的护胸
让心醒悟，不要伤害肌肤

21

或者回到唐朝，不再克制口腹欲望
看着长安城的灯笼，透明裹住妖艳
在酒肆里彻夜狂欢，沉醉千年

22

回到唐朝，穿一袭抹胸纱裙
素手描画梨花妆，梳拢云髻
在你掌上旋转，夜夜只为一人妩媚

23

叶不知疲倦，拖长时光影子
木莲的年轮一直在生长，花蕊舒放
只是刹那，我对她的哀怜在心尖

24

作一片秦简，任你刻画篆隶
你不知道我是谁，我因灵魂重生
从此不是竹子，是诗篇

25

作一管木笔，蘸满浓郁
在纸上诉说心语，黑与白自然融合
前世同枝的缘，任诗意延展

26

一手牵着青春，一手搀扶白首
从没有如此辛苦，也没有这么重要
被逼上巅峰的高尚，是我们共同的软肋

27

上街看人去，追念豆蔻华年
致敬皓首典雅，一生从眼前走过
我只想让你牵着手，铭记此刻

寄存（组诗）

生　长

幻觉的种子在睡着时，种进梦里
那里泥土湿润，空气温暖
适宜万物生长，我感知了生根发芽
破土的过程，听到了拔节的声响
什么也挡不住它们对光的向往

梦褪掉表皮，回到现实
万物已经长成仰视的高度
我没有勇气伸出双臂，环抱亲手培植的
生力树，让我的沸腾贴紧它
汩汩江海，交换血液温度

爱让人羞怯，在理性之后
爱也让心无比坚强，在激情鼓舞时
秋天更需要成长，果实的甜蜜依靠持续光照
借助日夜交替的温差，需要一些
冷静思考，抵达义无反顾

失　眠

仿佛按下快进键，雨滴看到了

自己的结局，摔碎一地的声响震撼黑暗
子夜时分格外醒目，五月花持续爆裂
不似初春的激动，蛰虫们趁夜
爬行皮肤，唤醒欲念

一点沉醉在思恋深处
几分清醒隐藏发丝眉梢，忘记了吃饭
忘记了喝水，忘记了睡眠
忘记了走过的曲折
所有经历都幻化成风，带走伤痛

像是暂停键的回旋，跌入无物空洞
思想苍白虚弱，思恋顽强继续
黎明永在，承接黑暗的延展
因为寂静的补给，焕发青色活力

恐　惧

双腿在战栗，手心冷汗不止
在百米高空的栈道行走，我握紧自己心脏
它随时都想飞离，落回地面
回到熟悉的秩序，它的本能是平静
是在低处的被动防御，是遵循习惯

恐惧入侵肌体，细胞集体沦陷
我感到从未有过的无助和脆弱

可怕的不是身处泥淖，是身处泥淖双手抓住
垂下的藤蔓时，被一刀斩断的绝望
是消失之前的锥心刮骨
是未得之时，从心底失去的遗憾

几个年轻人说，一千多人陪葬
死了也值，今生如果不是遇见你
早把死亡置于身外
我比任何时候，都热爱生命
期冀是区别于生存的美好生活
是看见时的满足，看不见的思恋
是灵魂在星空下碰撞的火花光焰
怎能忍心就这样轻易放弃

漂　泊

阳光刺目，蓝天没有一丝云彩
真实令人疑惑，置身帷幕后的恍惚
脚步踩踏世外虚空，过于纯净
滤掉了情绪温床，留不住漂泊心

思念长进身体，成为依赖
距离只会拉大空间，不会稀释浓度
浮游麦田圈，被一种磁力控制
每次旋转，都向同一方向倾倒

什么也不存在的空洞核心

发散神秘波动，饱浸身体熟悉

难以抗拒的吸引，让我停止思考

停止心跳，把一瞬凝固成永恒

麦子正在灌浆，芒刺指向远方

分解阳光炫彩，拉长时间弧度

转折平淡的思路，没有燥热只有浓烈

潜伏已久的希望一夜长成

真　谛

爱的文字是漂浮的泡沫

激流汹涌是不竭真谛

无声濯洗让力量浸透细节，成为恒久持续

从改变中找到幻化的影子

从方向里预见未来的结果

最好的我们牵手夕阳下的极简安静

可以感受气息里属于我的部分

能够触摸天空之瞳的流波

荡漾堤岸一次次冲击，沉睡梦境不醒

还有融合里叠加的味道，你中有我我中有你

衍生出完全不同的此时

怎能分得清楚，怎能割裂

一生能有几次遇见

在对视里交换心意走向，让波粒极限震荡

从充满到空虚，再一次充满空虚

想到你时，只能有两种状态

只会是飞翔坠落的交替上演

曲线的生命，抵达图腾巅峰

寄 存

在迷雾的山谷森林往复，寻找

灵魂归属的领地，一个安全花园

隐秘而甜腻，囊括所有理由

什么时候开始，把心寄存在

你胸膛，贴上无限期保鲜的标签

靠近你就是走进我，自然而熟悉

怀揣两颗心，你会不会沉重

厌烦只是一个短暂过程，在经历的

时间里奔腾淹没，一同流淌

缝一件衬衣，绣上蓝天白云

托举你的伸展，穿越雷电干扰

让你在我的世界振翅，不设边际

把期望种进广阔，把星辰

投放黑暗，每个孔隙都长出眼睛
俯视低处土壤，眺望高处云上

天空之瞳，融进金色华光
看见的万事万物，都闪耀青春激荡
映射的疆域绵延不绝，从一点发散

十指相扣，捧住光明
肌肉纹理呈现通红，掌中河流
汇聚海洋，指上山川错落心路

山河入梦，都是你的身影
怎么也逃不出遥远的萦绕波动
用力拽紧时间源头，抖落碎片思念

两颗心的距离，远是天涯
近是唇齿，我总想留下闪过的气息
抓住走过的脚步，让昨天滴进琥珀

苎麻裙

如同穿着自然，从春天出走
青草气息直扑耳垂，几根纤维
在锁骨偶尔刺痛，16 岁初夏走在河滩地
芦苇尖摩挲脚心的悸动
很多人的初恋，也许没有对象

有些人得到爱情，有些人
制造爱情，有些人留下了爱情故事
夕阳下的水面，闪耀一万个太阳
长芒触手寒凉，比起黑夜
远去的光明，更让人神伤

我的苎麻裙
什么时候绣上了金黄

坠 落

夜空深邃，没有风声
只有蛙鸣从左耳躲进右耳
划开胶着闷热，探寻心的方向

打开黎明之门，露出灿烂光芒
却在走进的一刻，砰然关闭
凸起铁钉变身弩箭，刺穿顽固防线

爱是唯一退路，踩起翘板
天空在脚下，泥土在头顶
坠入无边稀薄，呼吸逐渐微弱

元 夕

1

锣鼓太闹，团子太腻

月下灯笼显然多余，照亮脚底

咫尺圆圈，也遮住了桃红的心意

只为在今年第一个圆月夜

让你看看披着霞光的眼睛

我独步万里，穿越千年

从唐朝走到此时，你还在等候吗

2

于千万次邂逅里寻觅

在满天花火中，收藏甜蜜心意

刹那对视，私订终身

永恒的意义，在眼睛闪耀

不要为我擦去泪水，那里住着

一颗通透哀伤的玲珑心

3

挂上高枝的灯笼，注满心思

不为点燃黑暗，只是让你第一眼看到我

红色是明亮伪装，柳梢头是能够抵达的最高处

不确定的摇摆，在夜风里战栗
自信和勇气来自，你手心的温度

4

团圆的甜蜜，在沸水里沉浮
一想到这脱胎换骨的煎熬
和笸箩里的挫骨颠沛，不忍吞咽流淌的心
大声说"老板，来碗元宵汤"
坐在角落，陪她难过，收留她的破碎和气味

5

七夕过了，情人节走了
元夕来了，在圆月引领下
几层试探才可以真正牵手
命运掌纹从原点发散，长成叶脉的曲折
水系的走向，终要归于一点
蓦然回首，距出发已经千载，要如何回头
才能挽留迷失的方向

6

干瘪行囊又鼓胀了
丰满的团圆逐渐枯瘦，离别总在热烈之后
缺损是下一次欢聚的力量，宽广河流
要耗费多少时日才能逆水横渡，离别朝霞
携手回归夕阳，起落间时钟嘀嗒

奋力攀爬，无法挣脱

7

你挑着一盏宫灯，无声移步
结香的气息，在身旁飘逸
我们相隔两千年，丧失了对话能力
解读唇语和眼里秘密，流放之路
从丛林直通宫殿，盘旋的楼梯连通天地
柔条的同心结绾过多少春，暗香依旧熟悉

8

灯笼光填满房间，撑开四角天空
脸上拓印红晕，额头发亮
喜庆就这样轻易而得，有点心虚
营造的氛围里，有几分心情
几分掩饰，几分不能言说的理由
一切都将渐失光芒，与今夜道别

9

提着纸灯笼，在夜巷子浮游
蜡烛热气喷薄而上，光亮逐渐黯淡
寻找一盏灯，去碰撞它
让燃烧的焰火终结短暂一生
五岁时不心疼没有生命的物事
现在把自我寄托在许多跳跃的节奏上

每一次起立都是新生

10

走街串巷追看社火的心劲，再也没有了
被压在塔下的白蛇，被斩首的妖怪
鲜血染红半张脸，那样恐怖，不看也罢
芯子高头的小孩子，哭花了胭脂油彩
哭哑了嗓子，垂头睡着了
惊醒时一脸茫然，这才是看点
奔跑数十年，一直在圆圈赛道循环
今天的口味，与很久之前竟如此相似

11

看戏也是一种忍耐，锣鼓铙钹响起
覆压了所有声息，单剩二胡弦子时
柔腰水袖般婉转着一个"美"字
流云在身边围随，清越嗓音盘旋许久
落在村外白杨树顶
喜鹊们扑棱翅膀，笑看人潮莫名拥挤
饿着肚子呐喊到疲累

12

正月初六后，别人家孩子
在等外婆舅舅送灯笼麻花粽子
我没有舅舅，外婆就在本村隔着半条巷子

拜年时灯笼跟回礼顺手捎回家

没有守望村口的期盼，失落黯然神伤

幼小的虚荣也需要仪式喂养

我的自尊深埋骨头，不能轻易流露

13

小小红蜡烛像婴儿指头

攥在手心，渗出滑油

一个灯笼搭配一包十根

初六到十六，每天只敢照亮家门口的路

小心举平，生怕风扇动薄纱的痴情

与烛头一同焚化，更怕烛心偏斜

自己倒向通红帐子

提前结束正月仅有的几天光亮夜色

童年，摇晃着一天天长大

14

怕看红绿搭配在粗壮腰间

黄蓝手帕，花样绢伞

完美诠释了"俗"字，今年突然不再排斥

摈弃潜伏多年的成见

眼里绵延一望黄土地

贫瘠里开出朵朵俗气

极致到与高雅平等谈话

如同天国颜色，乘彩虹降落人间

15

浑圆可爱，点着俏皮红妆

"紧三滚，慢三滚，最后一滚再添水"

欲滴的柔软，粘在筷头指尖

所有甜蜜的记忆瞬间释放

母亲的奶水，炎夏红沙瓤的西瓜

四月槐花的香气，还有初吻的感觉

"慢慢咬，小口咽，太急了伤喉咙"

烧烫的还有眼泪，和心

16

喧闹过后戛然，色彩和声音

瘫倒泥泞，云霞与诸神回归原位

雨雪从天上降落，种子要种进土里

希望每天都在生长，陪着她抽穗扬花

长出太阳的金色光芒，揉搓饱满颗粒

你就是人间的王，永远端坐原野

致敬所有河流森林，所有滴水和落叶

人间事（组诗）

喜 鹊

树顶最后几颗柿子，只剩空皮
在凛冽里摇摆，来不及着色的苹果
枯瘦龟裂，与许多鲜活同步死亡
没有雪的冬天，干瘪得让人窒息
残酷剥离了肌肤，只剩骸骨
横陈在一样失水的河床，黄沙覆压

乌鸦和无名鸟，以瞌睡假寐
打发无聊午后，雾霾再现
笼罩冰河时代的混沌，我们都是沙砾和顽石
被泥流坚冰裹挟，毫无目的乱跌撞，到处都是路
没有一条通往明亮，星空闪耀

小喜鹊起得很早，站立枝头激烈争吵
除了衔枝搭桥时的沉默，多数时间总在拌嘴
就算交谈也是夸张表情，决斗架势
羽毛爹上头顶，心思不离不弃
把冷硬当作蜜语消受，谁又能懂

成全别人一夕，成就了自己终生幸福

祝愿的言辞悦耳赏心，无论晨晓还是黄昏
巢窠里总是清脆激越，余音萦绕昆明湖上空
不能追溯千年之前，一定要怀想
此生之后的归宿

我的心，突然回到童年
眺望云气延伸的方向
谁会披着满头阳光出现在门外田埂
脚下拖着两倍长的影子迎面而来
二月初的风叫不醒玫瑰百合
迎春花的柔条上，缀满嫩黄

桃花运

光没有重量，火没有重量
灵魂轻薄无骨，怎能压住
桃花要开放的身体，盛开是悲凉
死亡紧跟其后，也要突破自我极限
存在就是接近死亡，没有畏惧的理由

冲破冬夜禁锢，在冻土下翘首
宜室宜家的温柔，柴门掩不住花瓣奔涌
心潮澎湃在三月星夜，长安城南的绝唱芬芳千古
爱情住进花心，无法逃离
鼻翼里是甜蜜慵懒气息

故事还在继续，情缘剪不断
桃花的浩劫也在传承上演
带骨的鲜血，喷溅白纸扇面
秦淮河水平添了滚烫红色
卑微生命，蓬勃生长着自由
滋养了习惯性漠然，与狭隘偏见

非议的本质，是思而不得的失落
污浊漫天扫射，独立先行的报春者
娇嫩身体长不出棘刺防护，阴沉昏暗里的醒目
耀瞎了觊觎眼睛，心里扎根恣意疯狂
多少无辜枝头，被恶语谩骂
符剑斩不断进犯魔咒

今生所有遇见，都在偿还
曾经的诺言，即使前世无缘牵手
灵魂从对面走过，瞬时交集融合
波动五百年，虚弱扩散
天空一语轻唤，触角立刻觉醒
转向声音的源头，甘霖纷纷洒落

云颊绯红，博你嘴角浅笑
柔媚姿容，只为一人长袖起舞
桃花不是大众情人
随水漂流的是昨夜红唇，爱的躯壳

真爱本身，被谁摘取
种进花园深处，无人知晓

早春连翘

风吹散了阴郁，晴空万里
等雪降临，变成等雨淋漓
石缝里的连翘，敏感捕捉温度波动
向着阳光，露出多情春色
一两点澄明的蜡烛，在浅蓝背景下
格外醒目，早熟的神秘在心里冲动

与其说，是勇气冲破寒冰
不如说，是欲望战胜了理性
把头顶的短暂灿烂，当作长久拥有
美好只是自我假想，诺言不曾刻印行动
说出就已死亡，黄花身体不再发烫

绝大多数蕾朵，潜伏叶腋不做争先的祭品
狡猾的智慧，世故的成熟
在进化中代代传递生存法则
教会每一枝横斜，以阳光方向决定眼睛走向
以声音来源，确定脚步快慢

春雨真正来到时，浓繁压弯柔条
谁会记得最初的绽放，羞涩夭折后

热辣是主旋律，春光宝贵
不会给含蓄充分时间去酝酿
又有谁会怀着欣赏的耐心
与花蕾同步而行
呵护她脆弱的爱情

人间事

晚睡早起，因为生活在等着
早睡晚起，因为夜在等着
投进这安静怀抱，假装孤独无助
藏起心中小小窃喜，终于可以完整
思念一个人，不受风声雨声干扰
也不怕突然闯入者，背后的大嗓门

你到人间来一趟，一定要
爱点什么，听不到雪落的声音
就听花开的爆裂，错过了从前的记忆
就抓紧此后的拥抱
没有比腿更长的路，没有比心
更深的海，远方让眼睛迷醉
远方其实非常空洞，就是昨天的影子

你到这人间来一趟
一定要做点什么，在骨头上
刺绣缠枝牡丹，龙凤呈祥

燕子的翅膀不休息，黑白色调
写满与泥土的热吻，春天就这样悄悄来临
该萌动的都开始发芽
收敛只是假象，花的唇舌吞吐暧昧

你到这人间来一趟
一定要留下点什么，证明亲自经历
身体里生长灵魂，影子背后是坚实依靠
意象的脚自由向往，抵达虚无角落
野豌豆的蝴蝶迎风起舞
那一片紫色，是蓝天红日的结合
我的呼吸里溢满甜香味道

守望春天

苜蓿花立满陡壁土崖
播娘蒿占据田边，卑微颜色
铺展在风吹不到的三角地，野棘刺丛
蒲公英的柔茎簇拥伞柄
寻找落脚的墙角石缝，与世无争

寒冷越走越远，脚步无声
蜷缩的胚芽挺直脊梁，顶起头上桎梏种皮
一点争高的勇气，无限膨胀
经历过的美好记忆，不断复制扩散
叩响彼岸金钟

所有静止都在流动
冰凌滑下窗玻璃，还归泥土
树液从地下直达梢头，往复奔波
覆满冻雪的山丘，呼吸连绵起伏
雾色翻卷姿态，云霞飘过身旁

一些悲哀表情，融不进花香锦绣
一些龌龊的隐匿像阴影被踩在鞋底，逃遁无形
一些稚嫩天真，镀上麦子的色泽
骨头里的坚韧铸进黄土厚度

所有死亡都忙着复活
所有生命都忙着成长
所有能量都依附具体的存在而释放
一些衰老，渴念期待中的拥抱
一切深埋的绝望，感受到力的召唤
穿透颓废尸骸，高昂头颅

不再纠缠毫微得失
不为口舌之争靡费时光
血在燃烧，心在战栗
一切言谈都暴露在光明下
那点可怜的自私霉斑，需要炙烤灼烧
反复刷洗，褪去肮脏外壳

所有爱情都找到表白机会

被冬装隔离的心，在慢慢贴近

所有飘零不再孤单，注视的眼光

一直在陪伴，碎花连衣裙飞扬原野

天空与远方融合在晨光家园

心在守望，白日梦羽翼滑翔

牵 挂

遥远，并非空间的分隔

思念随时穿越，随处抵达

遥远是种感觉，从眼前后退到思念边缘

其实同处一城，比遥远更煎熬

明知道没有结果，还是忍不住问你

什么时候走，什么时候回来

心河向东奔流，一滴不剩

干涸河床飞沙走石

你的眉骨碰上墙壁，肿了我的眼睛

橙光掩不住夜晚酸涩的疲惫

身空如野，被冰冻的无垠荒凉

你站在阳光下，身后身前都是我的影子

要么被甩掉要么被踩碎

出脚的时候，你会不会心痛

只有夜晚让一切消失，让我们融合
拥围身后，堵住我堕向深渊的梦路
内心从来没有如此安宁
温暖的火苗，烘烤阴沉天气

像我祝福的那么好
像我期待的那么爱，这是新年里
我写给你的歌，也是心底的誓言
春花听见了，纷纷开放
流凌觉察了，柔波微漾

美好时光（组诗）

春 季

万籁俱寂的夜，不再那么黑
听见声音在血管里轰鸣
爆裂的微痛，唤醒心底沉睡的荒芜
遥远记忆慢慢复活，正破壁而出
肌肤布满芽尖，每一个毛孔都是拉长的眼睛

生命不能承受之重
是上一季，你目光的凝视
燃烧的火苗，烘烤冰封的湖
铁一样沉，剑一样冷
都融化在今夜唇边，掌心
要怎样表达这无言的改变，才不负星空馈赠

不必刻意，一切自然流淌
遇见是命定的安排，不早不晚恰在那时
震颤来自灵魂吸引，雪花暗香浮动
凝聚真情洁白，漫天心愿怎能无视滚沸的泪水
悄然接纳春风祝福，在期待中一同沦陷

美好时光

一只手，举着时光火炬
我们经历了制造过程：聚合铁微粒
锻压中空杯体，木棒穿过预留孔隙，严丝合缝
青春燃料源源输送，火苗跳跃
叹息的废渣填平了黑夜沟壑

光线布满天空，点亮出发的路
你未必身披金装，但一定通红透明
一直向前，把黯淡深处层层剖开
给活力开辟一条通道，让勇气穿越
注入自我能量，让血液流淌
把遥远的星芒，当作关爱眼光

站立高山之巅，群星之下
梦在时间的旋涡里轮转，在相切
摩擦时飞溅火花，指引意识走向
如果那一刻不是真情，你的眼里怎么泪光晶莹
逝去的所有都难以剥离
重拾的一切变成掌纹，熠熠生辉

不说晚安

怕露出不耐烦
把思念从此刻截断，强迫自己

回到荆棘丛生的深秋，果实早已
萎缩，虫鸣不再起伏

怕梦会牵心
细数落花几瓣，挨到天明
晨雾凝成泪珠，闪亮在草尖眼角
时钟脚步又空空走过，没有声息

怕习惯久了
抒情变成没有温度的客套应酬
那些澎湃的浪头，旋进涡流
饱含体温的流动，被淹没于无形

怕夜风听到，误解我的本意
把温暖传成悲情
把苦闷说成甜蜜，耳语只能对面倾诉
那个时候，不需要说晚安

昨　天

鹰的翅膀把星空划成布条
云裳依然完整，昨天葬进泥土
今天万里晴空，散发另外的味道

爱在诗眼潜伏，意象广大后压缩几行
歌在远山回荡，听到的人不禁心碎

梦在泪光中闪烁，炫彩底色暗含苍白

开放的包容里，掺进尘埃沙砾
总有一段悬浮过程，沉淀的努力
充满鼻翼口唇，呼吸夹杂冲突凌乱

需要一场透雨，洗涤蒙污的阳光
把多余重量稀释，走在轻盈的路上
笑容为你灿烂，眉眼为心甘甜

把短暂的生命，寄托在恒久爱恋
光阴会不会无限延长，弥补缺失的从前
丰富现在的藏品，美好将来的拥抱

无尽是虚无之境，点滴片段才能握住
数着掌心里的珍贵，吞咽白天
吐出夜色，维持灵魂的柔滑丰满

拽住季节颜色，再多一些
青绿生长，憧憬才回味悠长
花已凋谢，果实飞速膨胀圆润

总是迷醉在自我想象，贴紧你胸膛
时间就会停住，没有流动的隐忧
没有喧嚣的搅扰，只有彼此燃烧的照耀

石头上微笑的酒窝

磨剪子，磨菜刀，磨镰刀
磨蚀一切锐利的事物，擦出闪耀火花
工作的时候，它比什么都执着
如果力量不够，就消耗时间
让锈迹剥落，让身体闪耀光芒

来自星空的陨落，来自地幔的
沸腾翻滚，多少次升腾沉降的历练
多少回冰与火的转换，才铸就了
内心的充盈，面色如常冷硬

希 望

我从远古冰川峰巅，飞越
迷雾封锁而来，疲惫身体掩不住
明日朝气，我从海底火山裂隙穿行
皮肉被咸水腐蚀，手掌红肿抖动

请你一定不要拒绝，我写给你的歌
每一节有力的勃发，都是情怀汹涌
每一个委婉滑翔，都是心语低诉
每一声泉水叮咚，都是快乐的忘形

我感到生命的跃动，从内而外

强劲有力，我看见亘古天空
永恒闪烁的光芒，输送不竭明亮
让柔弱的摇摆抓紧坚定方向

天梯直通浩瀚，脚底消失不见
尘埃泥土都是记忆，划过的风声
遗忘在遥远之外，只保存纯真本源
搅动星云漩涡，流星飞溅火花

我不停向前，体验崭新发现
也会突然迷失在陌生无助，问自己
我是谁的中心，谁是我的中心
星空无法回答，安静如水

飞　翔

尘埃从泥里升空，长出风的翅膀
沿着山脊滑翔，贴着海岸盘旋
河流不再分割大地，森林不再刺穿云雾
起伏和曲折都压缩成平面

看到了蜷缩的过往，躯壳旁隐约
一点带血记忆，温柔感觉是舍弃的勇气
桎梏在风雨和暴晒后腐朽
没有什么能够阻止，飞翔的向往

山巅之上星空遥远，星空之外
想象无垠，尘埃存在一个完整世界
碰撞之后发光散热，旋转之时
搅动暗流，惯性速度里蓄满激情

微小与广大的界限，模糊不清
过渡在纵深之中，独自发现的过程
聚散空间，毁灭又重生
膨胀时间的体积，容纳万千光辉

第二辑　胎　记

故乡的渗透，如同自带的胎记
穿凿骨血肌肤，盘踞一处隐秘
洗不掉的过往，丢不掉的呼吸
注定陪伴终身，不离不弃
想起多年前埋进院子的牙齿
洁白无瑕，又那么孤独
替我继续咀嚼难咽的艰辛

——选自《故乡》

小学（组诗）

离家出走

向往学校的集体生活，一起排队做操
喊口号举标语，踏破散乱昂首走过
胸前红领巾燃烧潘冬子的自豪
头顶五角星，擦亮红孩子手中的梭镖
遗憾没有恶霸好批斗，山洞好退守

5岁夏天，跟随初中部大哥大姐偷偷下河
骄傲走在队伍中间，瞬间长成大人模样
筛沙石工作起初新鲜，继而漫长无趣
点亮半晌的盲目被饥饿焦渴打败
带着一个人的勇气，穿过玉米田小跑回家

看见湿衣裤才知道我已经失踪多半天
一顿肥揍后，换成安抚
倔强泪直打转不出声，未知体验盖过暗藏凶险
蓝天上白云不断变幻，奔马怪兽家乡
飘浮在河上游南山深处，泡沫流出的地方

麦田里的雏鸟

乍暖风吹过麦田，随妇女拔草是游戏之一
按捺不住身体安静片刻，掉落树梢的雏鸟
被绑上板凳腿，极力挣脱束缚
惊惧的眼里竟有一滴泪，一直滴在脑海

喂水喂虫子，百般照料
应对只有惶恐躲藏，拖着线绳拼命挣扎
以为抗拒是顺从序曲，努力终有回报
从没有想过喜爱的真相，竟与残忍同在

消灭的手法不止猎杀网罗，还有自我
美化借口由心而定，不确定标准
仁慈关怀衍生过度依赖，或者激发突变
人的法则鸟不解，第三天绝望而亡

小学校

离家二里已是遥远，六级台阶算是高坎
玩耍的伙伴被分成三班，从家门汇聚村口
流向学校，再分流进不同木门教室
曾经的无间，暗生出隔膜
因为我们不再完全属于一个整体
你们班我们班有差别

下雨天守在校门口，轮流搀扶岳孝武进教室
是刚入学最乐意完成的任务，在讲台领读
允许举手发言，是坐端挺胸抬头的奖励
最疑惑的地方是经常被提问"有没有决心"
不知道"决心"是何物，知道说"有"就是好

躲在水泥乒乓台案下交换小人书
是最安静的成熟，看读村外天空下
另一种存在，找寻我的幻化形象
设想飞翔翅膀下银河星波，翻滚汹涌
韩家村小学的旗杆，能否准确承接双足

升 旗

周一早上是神圣开启，通往云端殿堂
稚嫩目光敬礼燃点，风摇摆一致方向
压制将要出口的咳嗽，站直精气神
白线绳甩开彩虹，定格成剪影
胸中鸽子振翅云霞之上，红日枝头

坦然接受两道杠报告，校长颔首
努力的意义力透纸面，刻划痕印
自律让失去转化成更有意义的存在
瘦弱肩膀也能扛起晴朗，无所畏惧
幸福与红旗一起舒展头顶，呼呼作响

新芽自觉朝水源伸展，向阳光蹒跚
直立眼睛看见地平线上的对流转换
注入新鲜能量，沸腾漩涡中心
却如此平静，已不在乎耳边搅扰
信心形成于漫长过程，确认只在一瞬

领　悟

最严厉一次被批评是早读时间乱说话
被抓着肋骨枷着双足，参观井然有序的高年级
示众匕首划过心底，比鞭答更痛楚
十岁的自尊崭露锐利，脆硬没有弹性

一次次额头碰破，哭声已深埋发辫
渐懂被重视不容半点污垢，听话的代价
不比顽劣小，合理尺度需要智慧守护
坚强后盾来自对部分自由的舍弃

成熟并非成年专利，领悟力
从蜷曲开始，在偶然事件浇灌下蓦然开放
或如米兰暗夜生香，无花果退隐繁华
所有看见已是很久的从前

儿童节

提前一个月就开始惦念，兴奋随行
排演的手风琴歌声吸引路过耳朵贴近

低年级的我们，围观到忘记回家吃饭
看表演台上鲜花在初夏晨晖初绽

辅导老师没有把萌宠抹成花哨
那份低调高雅渗进脉管，流淌不止
旧衣裤散发蓬勃，有趣不再依附崭新
没有可比较的参照物，过度反成奢想
简单欲望系在红纱巾上，扫过脸庞

比我更重视的还有奶奶，甚于自己过节
把积攒许久的毛票换成整张喜庆红色
一元钱奖励，犒劳读书先生
代替她认识伸胳膊拐腿的墨疙瘩
两眼从未看明白的字符

毛主席去世

阴沉雨雾，黑布白字条幅横在路中央
伙伴指着上面的字说，江青给毛主席翻身
后来就害死了，但是字数显然不对
我跟他都只认识"主"，编排半天没有结果
被一声"还不快进去，不敢乱说"噤住

蹦跳双脚被迫放慢，鲜艳色彩自感羞愧
缩在人头背后，那天，全校集中操场
每人胸前别一朵白纸花，看到悲痛的眼泪

忍不住莫名害怕，啜泣终于连片爆发
每一次握拳举手，都被苍白声浪淹没

回到教室也不上课，讲台上嘶哑红肿长篇
桌子后端坐背手低头，最怕突然叫我起立
解释为什么穿着红衣服，只想遁地隐身
或者换回黑裤白衣，与多数融为一体
被孤立的寒冷刺透单薄，穿心而过

星空之外

沣河水是七岁想象的最深度
西安城是遥远极限，小笼包米饭
是美食代言，面包饼干偶尔随远客让舌尖触电
表叔厚重的英文课本是天书
大学是迷茫雏形，指缝漏过的金光

没有具体形状可以比照，贪婪破旧画册
糊墙报纸图片，寻找接近想象的模糊
打开外界的窗口，是大队部十四英寸电视的天线
土院墙之外的引力，安静了嘴巴
搅动心海旋流，眼睛从此不敢朦胧

浮现记忆总是荒原孤独小男孩
被风吹散的长发，月下踮脚起舞的白天鹅
从太空降到大楼里的红袜子小姐

一心想缩成吸盘，附在大西洋底来人的后背
跟随他的趾蹼划破黑白，漫游星空

安娜·卡列尼娜

十四英寸屏幕，由专人经管
白天固锁大队部，每晚七点按时请出
安放在老槐树下方桌案上
康娃叔的钥匙划过彩虹，打开架箱
所有眼睛都掉进黑白天地
围蹲攀高脖颈朝向同一个散射光区

在封闭孤岛，打开深邃天际
一袭黑色拖地长裙（那时还不知道叫晚礼服）
就这样扶着楼梯，住进脑海
拗口陌生的名字，刻在骨里
任由牵引，想象之外的另类人间

不懂她的情感，忘记所有细节
想不明白她的绝望和悲哀，衣食无忧之外的感受
不该是高兴疯跑吗，高贵生活
在剧中饮泪，贫穷阻止了想象接近真实
而真实，永远以奢侈品存在于意念

露天电影

过会过事，最时髦的款待是放电影

赶场一样追着放映队在方圆五里巡回
哭过笑过瞌睡过，也有稚嫩的无语
大人般思索的深沉，纷乱庞杂线条拽紧
引领出离的那点微弱的自由想象

小板凳占据最佳位置，耐心在放映机幕布
或是一面白灰墙之间往复嘀嗒
等待太阳掉下去，守候场地逐渐饱满
每一次前奏曲都是安静的理由
暂时压住躁动流动，维持表面一致目光

穿梭屏幕正反两面，总想看透另一面
除了左右手错位，其实没什么分别
似乎明白了所谓秘密，只是电影院小窗口的把戏
露天的星眼暴露所有隐藏
烧焦断片时光束里尖叫投影，揭穿神秘

正义脸庞与故事情节，屏幕一样黑白分明
真与假都那么纯粹，忠诚于各自阵地
爱恨之间没有灰色过渡和不透明
高举旗帜总能找到风的速度方向
轻松的哄笑声，简单了多少人生

初中（组诗）

学骑自行车

离家五里远，一辆二手自行车
被父亲修补擦净上油，预备往返摆渡
抓紧连阴雨间隙，在打麦场松软泥地
磕绊着从零开始，单脚半蹬滑行

不敢放胆独骑，总依赖无形手
哪怕只是轻挨着后座铁架，心就在肚里
车身上无数块伤疤，不如脚面一块瘀青紧张
无数个黄昏就这样被车轮碾压

摔折过横梁，经常掉链子断辐条
开学之前，浴火诞生了所有崭新
车子与我告别，无人知晓的狼狈惨状
双手撒把风驰时，总坚信一只手
稳稳扶住方向，不会任由倾斜出视线

转　学

不合群的籽粒，落进交错缠绕根林
最初抓握的泥土覆盖硬壳，小心潜身
老师和蔼可亲，他们看到了我的专注

比起繁华街镇，韩南村似乎遥远落伍
从土里刚刚被掘出的红薯上桌，沾满湿泥

语文数学英语考试成绩全部98分
终结了转学生调皮捣蛋的传言和历史
堵住了私下窃窃声，我的座位从一个月前
倒数第二排调到第二排，靠近窗口
纸上光亮遮住高出一头的男生

大书包压垮了身影，倾斜了肩膀
依然是被风冻红肿胀的十指和脸颊
走过校园甬道，身后总能收到几张笑脸
和几丝不服气，自信从瘠薄里出脱
穿透附着的一切表面，心底萌芽出快乐

漂亮老师

已经忘记姓名的英语老师，漂亮时髦
尘埃里盛开的百合花，没有雨水滋润
缺少关爱眼光，她的美丽脱俗被家庭时时摧残
我不知道，眼泪怎样绕过头发掩盖的伤痕
和手臂瘀青，滴落课桌

她的瘦弱和沉默，被后排呼哨声轻视
她的孤独，需要一望宽广的海洋
多少浪花泛起的春意，被无情吞噬

这无情带着关爱的面具，仔细探听
广泛传播，她的美丽似乎是原罪

残忍植根每个人内心，寻隙而出
被隔离的个别，踩进雷区
善良无辜的平凡，成为杀手群体
我怀念的那些纯真岁月里，总泛起酸楚
无知少年的斑白人生，是否会有隐痛

走过沣河

逆行十几里，追溯源流
它是腐朽结晶的清亮，石缝里的欢畅
山终于石，石流于沙，沙总会还归于水
共同磨蚀粗粝时间，圆润自己
沣河，石头里开出了草木花香

顺行十几里，看到它汇入渭河前的
极大弯转，如同叶脉尽力伸展
让回旋余地一再开阔，冲减重逢的突然
留恋中央沙洲孤岛，退水时一次次
踏过绵柔松软，母体里寂静温度托举脚步

走过四季，走过年少的莫名骚动
把欢乐烦恼，所有一切都倾倒给流动
让我宁静，让我靠近思想的躯体

羁绊中攀缘一线天空，飞翔理想之域

昨日早已燃烧，每个清晨都从灰烬中站起

少年英雄

虚构故事，小人书里的情节

在十里路外的村子真实发生

为保护集体棉花，被推入枯井的懵懂少年买亚军

一夕成为学校骄傲，众人仰视

扫墓学习波，后浪推着前浪跑

我们在坟头种下松柏树

培植新土，代表一种无尽哀悼

回家路上一片铁锹划地的噪音，骚动和怀疑

是前青春的标签，所见亦非真实

耳闻甚至可笑，同情被声势透支

事迹报告团巡回演讲，阴沉压抑

主席台上哭声嘶哑，台下一片寂静茫然

所有细节完全模糊，只记住了他姐姐皮包上

杭州某大学的红色字样，说是特别录取

像母亲眼里的泪，格外醒目

连阴雨

未及收获的直立被浸润成弯曲

生命孕育在无土空气，上不着天下不接地

发霉空心长出颗粒懵懂，不知身在春与秋
代替了眼里泪，无声叹息五十天

木盆成为方舟，解救被困孤立
玉米牙齿已经松动，漏风大嘴喊不出呼救
仿佛围观的拐棍，只能捶胸顿足
许多无力布满蹒跚脚底，半头苍老

推着霜降的门，把冬天挡在这头
锄头代替犁铧凿开冷硬，只手播撒裸露
呼出寒流凝结眉梢，唯恐期愿冻成白地
一寸寸向前匍匐，覆盖一个个小心

1984 年的丰收

碗底扣着泛红黄杏，味蕾被桑葚染黑
沣河水温软如酥，几场白雨恰到好处
麦芒带着光的炙烤，在臂膀划出印迹
夏节热切的问候，在蓝色中通透
我们都是放逐的风，在兴奋中暴晒脚步

田地分到各户，没有了集体的壮观劳动场面
只有沉默磨刀石催促镰刀，起势回收
裹脚老婆婆与小孙子提水抬饭，送到地头
一种奇妙弥漫空旷街道，无言感受
所有人都浸浸其中，脚步匆忙不及招呼

7 口人 11 亩地，122 袋麦子堆满场畔
拖拉机转运 3 趟开进面粉厂
大人们终于可以做个黑加白的长梦
感受银汉盛开灿烂，看见青苗脚底疯长
驼背爷爷鼾声叫醒饥饿记忆，垂涎磨牙

高中（组诗）

开学了

钟摆的半径第一次摆到 5 公里以外
真正离开家，睡在另一片屋檐下
起伏的轻重声息，扰乱了长久平衡
恍惚打麦场忽闪的星眼，一直鸣叫
离地千万里，神思漫游缥缈
经不起起床铃声考验，梦醒还在窄窄铺盖
曙光挣扎在黑暗背后，将要露头

兴奋抱着新奇纸墨，端起排列组合公式
和大量英文单词，消失了耳外嘈杂
独立于唯我空间，陌生吸引
熟悉里嗅到亲切，仿佛遗失多年另一个我
未曾谋面已经心神合一
小心包裹每一册书，郑重镌刻名号
枕着这摞厚实安稳，缓慢消化盛宴
过耳风送来温凉月色，等待明日升起

费　用

自行车后座载着一学期口粮
一大袋麦子送到指定面粉厂，换取一张薄纸

车头不时被压起失衡，赔着小心祈祷它不要趴下
馒头面条不能这样洒落泥水
第一次体会使命的沉重，成长的背后
艰辛必将以常态随行，今天只是开头

23 块钱是一学期学杂费
4 块 5 毛钱是一个月伙食费
早午晚出场顺序决定了餐券颜色
任凭猜测碗里的内容
陌生引发无数好奇想象，从众消弭困惑
大家一同忍受，足以接受最坏结果
释然的理由，竟这么简单直接

被褥床单枕巾衣服算大件，计花费 60 元
生活用品脸盆碗勺，香皂牙刷擦脸油 30 元
没有零花钱概念，有需求向家里申请
而不是先支取备用，不会留给额外惊喜
唯一奢侈品是心底不时闪耀的灵光
静夜里独自享受，无谁偷窥攫取

周三下午

回家背馍时间，放飞心带着匆忙脚步
只为一顿饱腹改善，短暂逃离题海
清空能带的背包饭盒罐头瓶网兜子
决然干练，豪侠打扫战场般有序连贯

从大铁门流向牵挂的熟悉
淹没于玉米红缨的田野

慵懒弥漫每个细胞，补睡亏欠残缺夜
村口老槐树下絮叨吵闹，生硬闯进短梦
父亲深陷的喘息，母亲消磨的枯槁
每周两次突然刺痛，割舍不了的挣扎
长成手心痣，握紧松开都在提醒

负重归来与离去一样轻盈，驻足的借口无数
前行只需一个理由，层层剥离亲情捆缚
未知宽广沉浮飘摇，抓不住的彩虹刻骨温柔
远远前方隐约里，晚自习的预备铃声在催促
橘红灯盏传递悸动，泪里青春光耀

同　桌

海魂衫里，飞出多彩未知神秘
羞涩额头覆着一绺乌黑，点亮眼眸
深处难掩的光，对未知的好奇探求
自我怀疑与自信，交织纠结起兴奋

拘谨的声音藏着一半小心翼翼
一半伪装豪气，没有定型的稚嫩
找不到成熟方向，大声朗读拼命演算
是最快捷流动，倾泻的洪涛掩盖所有不安分

岁月裹挟着每一个挣扎，谁愿聆听那些曾经
边回忆边遗忘，边悔恨边继续
深夜里破碎梦，唇边残留呓语
每一滴洒落的醉，都是无法承受的泪

界　线

课桌上的青春，充满硝烟味道
三八线之争从未停止，加重粗线条
划分出领地，势力范围
越界只能招来更猛烈的报复
比如被偷偷绑在椅背的长辫子
课文里添了胡须的李清照

浑身尖刺对着每个靠近的问候
包装起的软弱，是惊慌与无助
压抑情愫找不到突破口
迷失在对与错的旋涡，脉管里激荡澎湃
脸上刀风霜剑，被偷换概念的青春
误读了太多扭曲

一刀刀入木的名字，终将淡忘脑后
偶尔心动时刻，被生活完全覆盖
不能言说的话，只敢刻成密码
无谁解读，任光阴流转噬骨情愫

三十年后酒桌上自嘲戏谑，泪已风干

宿　舍

冷风如入无人之境，从北窗越过木栏杆
径直从南窗逃离，带不走一丝暖意
偷窥者一样坚韧不怠，破旧塑料纸
日夜战栗，任它撕扯伤口，无法愈合

一排通铺睡在另一排上
隔着深鞠躬的距离，侧翻身就能引起一场骚乱
大声说笑，热气流会直接升上高空
诱发对面一波波接茬答话，或者呼哨声

6点30分自然醒，冰冷里匆忙甩手
湿淋淋抓起一天，走进润泽世界
21点30分准时熄灯，点亮蜡头接长白昼臂膀
跳跃字间，眼眸里的烛心宁静一片

食　堂

水煮白菜萝卜土豆，早晚餐顽固不变
萝卜白菜产自校内自留地，土豆连皮剁成四块
黏滑黝黑操作间，烟气笼罩
长把铁锨在硕大铁锅里翻搅拌和
小窗口外两列扭曲队伍，不时被后来者撞散

二两一个巨馒头烩面片，是日复一日的坚持
三五片叠在一起抱团，是煮不熟的次品面片
乒乓球案子，水泥地，随处是蹾蹲身影
围成小集合，如同平日的亲昵不离
一阵风吹过的时间，嘈杂重归静寂

同样内容盛在或白或蓝搪瓷碗
因为出身差别而表情各异
统一、强制平等了地位
味蕾顽固感觉，出卖心思和身份
早就忘记食物味道，却牢记双手捧着瓷碗时
传递的温暖，寒冬天唯一被融化的理由

一毛钱菜夹馍

无人肯为拾取一毛钱弯腰，放下身份尊严
困苦经历逐渐失去教义，仿佛虚构故意
仿佛曾经有过的不堪，被曝光众目之下

被忽略的毛票能买到纯手工夹菜大馒头
想象总是固执地回到校门口
盖着白纱布的竹笼里，随热气上升
带着土豆丝辣酱和肉渣的体温
挑衅门内食堂，向林立的私人饭馆宣战

长期占据记忆空间，俘获众多味蕾

带着自家小锅灶熟悉的味道，慢饧轻揉筋道
攒出暄腾松软，挑剔的唇舌品咂出全部过程
那是奶奶妈妈灯下，关爱念叨的眼神

根系里茁壮的部分，扎在贫瘠深处
尽力汲取，快速补充，意念临风不乱
站在枝顶回溯，被摈弃的那段弯曲
一生里最滋养的经历，不会重来

跑　步

一半为强劲筋骨，一半为取暖热身
漏风宿舍教室，盛满跺脚搓手起伏声
单薄粗糙补偿不了消耗，亏欠细腻肤色
冲进一望黑暗，点燃青春能量

围着同一圆心旋转，路在脚下直行
东方残星退隐，模糊萧瑟雾里浮现
挥洒寒气，甩落尘土，转身就是迎面
起点踩在终点上，诞生与终结同呼吸

蜡纸习题

除了板书课堂留作业
非统考的试卷习题都是手工油印
透明纸张，无色线条排列组合分工
宋体仿宋体带着油墨气息，流过掌心

激起层层浪花，胸中涛声宁静

不知道写手真容，看不出他的感受
一致字体让他融入他们中，唯一确认的
是食指无名指间，变形茧虫长卧不惊
总是想到交通站阁楼里的神秘
还有第比利斯地下印刷厂，被曝光后的震撼

在田畦间弯腰播耕，不忍玷污
浸透体味的黑白分明，解读背后的晦涩密码
把空白种满文字答案，几何图形和符号
心情流线滑行在自由天地，每份单薄
逐日叠加起，期待中的厚重与无穷

考　试

字里行间躬身一季，镰刀早就磨快
只等一声响铃，收割自留地里出产
辣椒番茄红苹果，晒成一排秋色彩
总有瘪壳霉粒的苦味，压在舌下难吞咽

唯一一次缺考的理由，拜疟疾所赐
突然昏迷双眼，忘记怎样挪回宿舍
腿脚不是我的一分子，脑里只有瞌睡
偶然片刻清醒，白试卷吓跑蚊子的荼毒

再充足的准备，总会留下遗憾懊悔
修正过程还会遗失其他，被忽视的细碎
总能转成揪心原因，伸开的十指盖不严
所有看见，逐渐学会接纳百分之外的圆满

水　房

背靠食堂，与菜田野径相视
低矮旧屋子矗立强壮，每天三次定时滚沸
热闹之后没有声息，风吹过无人寂寥
枝头麻雀也窥破秘密，恰当时候从容啜饮

刚刚点燃的激情就这样一次次被寒凉
每个扼杀，总选择最热烈时刻
比初萌的戛然更深入，重拾代价昂贵
毁灭的内在辉煌，时间无力补偿

那排滴答水滋着热气的黄铜龙头
一点青绿锈迹，氧化了假期闲置记忆
无聊渗地，持续的只是流动温暾

菜园子

萝卜白菜蒜苗老三样，未曾尝试改变
每月一次劳动，从感官到灵魂大洗涤
分工以照顾女生为前提，比如拔草浇灌
男生承担所有脏累活，比如挑大粪扛重筐

每一届离开前，在最热天整畦撒种
每一级新生，接管细碎破土出头
初生稚嫩好奇舒展，日渐显露十字对叶
青绿覆盖白霜枯萎，校园里唯一鲜活春色

贫瘠里生长的普通之物，无力跻身庙堂大厦
无语汗滴里伸不直的弓背习惯性低垂
三年轮转尽头，是解除束缚的茫然失措

春　游

花一样盛开在温暖里，风一样飞奔原野
挣脱身体羁绊，灵魂早已出离到梦想天地
等待出发的夜格外漫长，兴奋细胞
张开大口，和鸣唱响"啊，我的太阳"

载着新奇激动，迎着太阳一路光芒
脸颊的肉随波浪颠簸，鱼一样自由穿梭
羞于交流的扭捏壁垒，被无声攻破
打开闭锁的门，看到了从未有过的多彩

孩童般纯真，成人般从容
此刻塑造出全新青春，贫瘠心田细雨无声滋润
生活轨迹第一次偏离，靠近期望的目标
而那巨大的吸引力，清晰展现眼前

运动会

白杨树在围墙外招摇，尘土飞扬
节奏音乐不停输送轻松欢快
打破往日凝重沉闷，梧桐花甜香沁润肺腑
高音喇叭也压不住松绑的酣畅
长条凳上坐满平等笑脸，包括宿将

蜷缩的手脚尽情伸展，闲置热量爆发在
阳光下，"预备—开始"口哨
掌控所有方向和速度，挑战更好
发现潜伏的健与美，从字里行间跳脱到沙坑外
冲刺红白横杆，白灰炉渣的直道
挑战另一个自我

没有鲜花啦啦队，没有丰厚奖励
薄纸片鼓掌声是顶级荣耀，最强展示
征服的不止脚下方圆，更有悠远云天
小女生大男孩从家常衣裤里出众
身披锦绣战袍，头戴王冠，收获满场艳羡

毕　业

盛夏的果实，不屑花蕊里的甜蜜单纯
膨胀中尝试酸涩欲望，不一样的口味
装满诱惑，骚动不安逆风传播

每刻都在改变，每一个黑夜都有故事

往复途中铁轨间距缩小了许多
突然之间，麦田土埂坎印满熟悉气味
凝固了欢笑低语声，看着它们来了又去了
就像它们看着学校里，一茬茬播种收割

最后时刻，不舍徘徊与极速振翅共存
烙烫两面夹击，看着整装的背包和网兜里
叮咣作响的碗勺，想哭的冲动憋在舌下
不敢张口，没有勇气去拿黑白合影照
怕忧郁眼神时常入梦

分数线

最后冲刺，机器一般程序运转
脑子里英文单词化学公式，轮番上演
挤占全部空间，暗藏一点青春萌芽
生硬淹没在一堆鸡毛里，不敢触碰

等待放榜的日子，数着地里玉米苗挨过
牵挂的甜蜜与酸涩在胃里翻腾作呕
双掌长满沧桑，肉体创伤磨不掉
纷乱臆想，囚徒的等待比行刑更残忍

冷酷一刀，斩断深入探求触手

还没开口，早就死在酝酿初期
最燥的中伏天，暖不热凝固冰心
转弯地方，再也没有熟悉的背影可以偷看

杨凌时光（组诗）

报到去

绿皮火车驮着行李，喘着粗气到西安转站
等候的两个小时不敢远离，大小木箱包裹
挤满空间，南北腔调喊叫声填充空隙
没有离别感伤，暗含些许兴奋期待
一片空白上隐约几笔，勾勒出目的

没有林立高楼，不是宽敞通衢
几十脸茫然被放到一座矮楼前，热闹新鲜忙碌
挤占思考，流水线上完成一系列程序
身体已经坐在宿舍床边，神思还在旅途
消化不了位移、陌生、冲撞和无序

几幢高楼骨架屹立教学楼旁
泥泞续接水泥路，弯向林木葱茏
操场依然是铺着炉渣的中学模样
陌生里熟悉的亲切，是原野气息
宿舍之间几株高大丁香，区别了以往

宿舍楼

两栋五层，南楼北楼是他们的名字

一对灰兄弟对面相视，承载同等重量
男生驻守底部三层，女生高居头顶两层
串门子聊天小聚，单纯正常
一点隐隐动机，只是青春气息相互吸引

跑步上楼与铃声赛跑，来自饥饿催逼
手提六个暖水瓶，每天与自我较劲攀爬
不解，诧异，赞许，责任力量暖流般荡漾
刻意扭捏清高，在它面前回避退让
仰视张扬飞奔而过，追随热量尘嚣远去

瞌睡天眼昏昧灯影，重复轨迹不重复倦意
卸掉微积分植物标本模具，歌声诵读
从教室滑翔架子床前，繁星捕捉到橘色静谧里
四月丁香味道，成串花蕾亲热簇拥
开绽在心形对叶枝头，最温柔的动情

架子床

每晚都盯着头顶缝隙，忧心天塌地覆
或者梦游翻身，真心敬佩睡在上铺的自如
超脱凡俗浊气，云一样来去
风一样擦拭足迹，重叠手脚印在壁上
顺便完成擦窗换灯管的高空惊险

跳跃火苗炙烤凉薄木条

蓝色钢管反射青春光泽

偶尔吱呀声里蹦出笑意

素色帷帐，静谧在忘我真空

站立与躺卧不止 90 度直角差异

之间隔着一层想象薄膜，一堆梦的触手在游弋

17 岁摇曳到 20 岁，单调磨蚀无数黑夜

却在晨晖透过窗帘时，释放多姿变化

吹拂匆忙过客，留住融进血脉的鲜活

褪去后少年青涩莽撞，完成成人礼仪

再回首陋室时光，种植了多少纯真深情

清真食堂

带着打量的眼光和被怀疑的心虚

走进这方陌生，同样的餐桌

一样操作间由绿窗户隔开

络腮胡和长穗辫收起教室里的矜持

笑声多了放肆不羁的酒气混浊

羊肉与神秘填塞空间，压住嘴边惊异

迷失另一方天地，耳闻来自阿尔泰的白雪季风

触摸戈壁滩衰草沙砾

驱赶群羊的皮鞭顽固占据大脑

从广袤到狭窄，挥舞的力度不曾减弱

只有一个短发姑娘，身披碎花孤独
在角落与诗句相望，阳光拐了个弯
点亮她的沉默，留给木桌一连串疑问
小河公主的微笑，凝成远方起伏旋律
晚祷告钟声在心底回响一圈圈涟漪

缝被子

汗津手指捏起无影滑溜，试探摸索
在已经画好的平行线上穿引
斜行，倒退，补救，分量重于一篇作文
一沓试题，5 千米长跑，一个下午的劳动

寒冬乒乓球台案渗出冷汗
第一次严肃思考女人必修课
还有多少要恶补，多少要强化
脚下踩着古老山村的雨夜

食物中毒

五月香暖气息陡然掺进紧张
先是个别人，后群体性发作
每个人都自危于不确定的等待中
被浸染的，和不知何时被浸染的恐慌

我是个别幸免之一，奔走于睡眠清醒间
一束束野雏菊挂着祝福的晶莹

阳光透过薄雾抚摸所有看见
焦躁疑惑悄然退隐无形

舆论声浪直涌喉舌，忙碌与无聊并行
漩涡中心却平静如常，输液间人数锐减
唯一须加小心的是，进出食堂要迅速
才能免于被头顶飞物砸中，被唾沫淹没

闷罐车

咣当一声打开黑暗，给阳光片刻放行
随流窥探，试图暖和冷硬四壁边棱
下一声喘息被轨道碾压，淹没在口水里
一路风景从开了三分之一的铁门滑过
萧瑟是唯一新鲜，盯住它离别节庆

残留干粪静守死角，未被察觉
可以想见昨日牛头马嘴无奈的亲密
一声喷嚏飞沫，溅起无数句抱怨
混合气味在逼仄里持续发酵
如同青葱正对着的黄牙黑指甲

总有一些灰蒙插曲
在芳华枝头驻足，停留，盘旋纠结
掠过，扇动掌心波纹
每个站点的短暂里，舒放一腔翻滚酝酿

半清空身体，披挂下一段夕阳上阵
终点在记忆熟悉里翘望，四散羽毛归巢

长跑队

每周二四六下午，40 公里长跑期待突破
长发匝在皮筋里舞蹈，不能怜惜
暴晒再添多少雀斑，脚趾胶布还在渗血
仿佛一颗出膛子弹，沿预设轨道冲刺
忘掉自己是谁，只需射穿假想敌

所有看见擦耳闪过，只留下共鸣回音
机械手脚盲眼行进，梦里情景再现天空
回想独自离家的勇气，探求陌生的紧张
呼吸局促被无意识甩在脑后，抛向玉米田
成熟挺立起饱胀，凌晨寒霜消遁踪影
每一个整点数字都连接省略号，无限循环
最终靠近始发站，掐掉中间环节

冷水冲洗白天喧嚣，渐凉体温直立瞌睡
硬壳里盛满无骨软体，无声瘫倒河底沙床
走散的诸神聚拢，趁夜色归位
记忆扰乱一些事情，把下一次痛楚减弱消弭
乐意被裹挟，在重复单调里沐浴每一次差异

老街道

倦怠熟悉的面容与重复节奏，改变的源泉
在白杨树延伸线以北，东西窄巷
15 分钟长度，邰城路与它十字交叉
大叶女贞绘成图腾，穿戴玩乐撑起喧嚣
拐角咖啡店静守寂寞，拉远与现实距离

浓重半西府腔里，夹杂更西北普通话
为香蕉橘子和运动鞋还价
削去疤痕的苹果也会被网兜拎走
每一只伤损都能找到最好归宿
所有付出都会竭尽其用
老街道包容成长中的遗憾，残缺而完美

站　台

听不见充耳嘈杂，从行囊里劈开一丝静地
夹杂感伤与期冀，在拥挤漩涡沉浮
三分钟离情，浓缩半世纪无言
一分钟等待，平行轨道从天边垂挂突降
喘息蒸汽迷茫一切，眼前模糊虚幻

见证每天不一样的激动，淫浸其中
渐成平淡惯性，长条木椅磨褪红油漆
转折铁栏杆早就失了光泽，不曾生锈

煤烟气混合味道刺激鼻翼，随时引爆
泣泪连声，在昏暗角落失神擦拭

身体被架进车厢，思绪呆立彼岸
时间凝固之前，一切都未启动的最初
麻木封藏柔软真实，不敢忘形流露
把怜惜和祝福打包鸣笛，做最后缓冲
告别前行挥手，准点出发，渐行渐小

信　件

那些文字是板着脸父亲的叮嘱
母亲不成句跳跃的啰唆，闺蜜的隐私
老同学每天的流水账，不变的问候语
弟妹们好奇追问，奶奶皱纹里的叹息
如果还有爱情，一定是静夜灯光的温柔

各异的横竖撇捺单体，躺在苍白平面
一纸单薄冻作冷硬方块，眉头紧蹙
玻璃瓶抵达沙滩，寄出期愿着陆变现
回复过程让单向漂流，完成洄游
在心火跳跃中，等待下一次重复

习惯性瞥一眼黑板名字，找寻自己
越过程式化标准封裹，手指触摸游走
解压气息表情与动作，激活灵动脉搏

你就坐在对面，血肉热量充满弹性
仿佛我被盖上邮戳，寄回离去的熟悉

实 习

如同秋天到了，叶子发黄果子落地
实习是学习的必需检验
敞篷大卡车载着笑脸歌声和尘土
飞扬在起伏旷野，一点点靠近出发线
期冀里隐隐不安的兴奋，夸张举止表情
集体合力拧成绳索，开启全新探索

采摘花叶果实，区分科属种差异
顺着年轮，解剖每一条生命的深邃长远
剥离韧皮病灶，围剿天牛木蜂巢穴
掘起隐藏泥底的侧根块茎
让生命在某个特定时刻停止
成为后继者的路标

从泥泞到泥泞，只是一段湿滑距离
3 月到 6 月过渡期，大地催生成熟
陌生已成常态，终将独自面对
那些无形助手完成使命，退回驿站
未来车轮碾压茫然，走向承担

毕业季

空宿舍填充压抑，窗帘耷拉无骨
退潮后涌上无数意外，一些信件解除隐秘
半张纸片点燃干燥空气，暗自助阵
不时听到对峙争吵，或者歌声欢唱
暑气把冻结封藏还原升腾、漫溢

毕业论文装订完毕，几点光阴浓缩单薄
暗察四季规律，蜘蛛从容逃离墙角
飞灰压垮残存纤细，倾斜阳光留下零星颗粒
只有钉在壁板的巩俐，露出小虎牙
保持不变笑容，依旧清纯 20 岁

呼吸缓慢跳跃，就要燃尽最后喘息
缩回双腿脖颈和耳朵，蜷作不超重的尺寸
亲手把自己捆紧打包，寄往未知小城
能否赶在到达之前亲自签收
等待再一次明确流动，抵达下一站起点

我把热血献给你（三首）

血，传递爱的光芒

不一定认识你，但一定会走近
你低垂的额头，哀伤的眼睛
用心倾听你疲惫的叹息
无言抚慰，风刀割开的隐痛
把我能实现的美好，全都献给你

把情意变成流体，充盈你干瘪的脉管
把坚韧变成固体，弥补你塌陷的区域
把灵魂变成气体，弥漫在你低空
为你拉开荫翳的帷幕，把远方牵到手边
给你能够触摸的柔滑温度，我的祝愿

爱是眼里的无形，心头的触动
语言苍白无力，温暖和力量有形传递
从我手臂延展出去，回流你指尖的毛细管
通达心与心的暗道，我不认识你
你不知道我的存在，我们在星空下融合一体

血，给你打开重生之门

我的生命来源于母亲和父亲

血液里自带爱的基因，我还在
黑暗世界游弋时，就接受了无偿的珍贵馈赠
在恒温的母体里欢畅，在歌谣中
捕捞一丝丝穿透的深情，感知幸福

我的出生，汇聚了无数血液涓流
隐含许多无法植入的力量和智慧
不敢去想，源泉枯竭
分流渗漏，精神会萎靡成怎样的荒原
仿佛世界末日，疮痍满目

每步行走，都有无影手臂在扶助
扑倒之前，总有一种庄严的托举
避免沾染污浊尘埃，保持向前的方向
每口乳汁，都是反复过滤后的洁净
滋养子孙万代，从亘古到永恒

血，延续的力量

肉体被戕害，可以长出新的强壮
思想被冲击，能够滋生更坚固的护卫
因为血脉的延续，信仰从未中断
文明也从未割裂，面对入侵
我们形成本能合力，浇筑铁硬抵御

传承的源泉不竭奔涌

流淌的鲜活，散发向上的意识
每一滴洒落的红色，都不会凝固
每一次节律的跳动，都是力的汹涌
每一个坚挺脊梁，都是伟岸的壁立

以喷薄的姿态燃烧，点亮沉睡热情
照耀攀登的步伐，辉映星空下蓝色苍穹
每一个梦里，都有无名者的奉献
每一个平和家园，都倚靠站立的身躯
每一寸土地，都是神圣的承诺

致青年（组诗）

奉献，燃烧的力量

每个人都是浩瀚中的一粒
轻盈如同尘埃，岁月消磨特质
滑向平淡结局，青年是发光体
吸纳万物充满自己，挤净膨胀水分
脱掉喧嚣外衣，保留浓缩的核心

信念是动力，目光穿越阴霾
驻扎山巅之上，洞穿虚假的张扬
以俯视的姿态明晰风云变幻
以四方汇聚的信息甄别谬误与偏离
在行进中打磨锐利，淬炼坚韧

燃烧源自内在自我热情
让奉献成为光荣使命，点亮夜空
让光明成为永恒之塔，接力传递
照耀所有迷茫者，失散者和犹疑心
让个体的光芒连成一片耀眼星空

阅读，飞翔在星空

平静跌落低谷，飞翔高空

形成瀑布激流，直上云天的气旋
摆脱平庸而简单的满足，打开一扇又一扇
封闭大门，让咸涩的风刺痛麻木神经
让舒适和放松只是读后的感悟

这是一种崇高的锻炼，耗费精力
脱离眼前时代，回溯亘古之前的荒芜
万世之后的轨迹变幻，带着慎重思考
沉浸自我内心，让小我成为奠基石
自由放逐敞开的天空，自我束缚

把最好年华，安静的时刻让给阅读
品味真挚精神，流淌不竭源泉
高贵气息覆盖表面简陋，荟萃财富
让信念引领灵魂，进入庄严肃穆的殿堂
行走在通往明亮的方向，一生无悔的抉择

财富，云端的积累

金钱不是铜锈，也没有腐败味道
它使人摆脱饥饿蚕食，专注精神的思考
它使想象抵达深邃海洋，广阔星空和灵魂核心
它也是诱惑和麻醉，是舒适的泥潭
消弭出离勇力，让惰性生根

它不是财富的真身，只是幻影

寄托在物质上的一切享受
都将随物质的瓦解而消亡
空虚的灵魂需要阳光温暖，需要火焰点燃
只有源自内在的力量，永不枯竭

站立云端，积累腾空的力量
储蓄只为一个释放，舒展自我，助力他人
让理想生花，你将拥有广大疆域
滋养无敌意念，成为独立之心的主宰
你的财富，在黑夜闪耀贵金属的光芒

灵魂，不染尘埃

谁没有瞬间的叛逃，谁不曾跌落尘埃
青年是年龄，也是迷茫与烦恼
最终是心里的洁净，过滤泡沫泥沙
给有限空间，补充聚合能量

青年的路途，充满温情诱惑
陷阱可能是低层次享乐，让温水
松软进取的斗志，让沉迷消耗爆发的活力
把开绽的蓓蕾扼杀在结果之前

斩断重叠绳索，沐光而行
跨过泥潭，甩掉飞溅裤脚的污浊
前进大于后退的步伐，是徘徊后的突破

是踉跄中的坚定，是无往不至的执着
天空宁静守望在远方

洞见，极致的思考

被捆绑的手脚时常陷落杂乱无序
窒息于泥淖挤压，游走在对错边界
重复低级判断虚耗了大好年华
梦看不到方向，手臂触不到光点
模糊与清晰对立在心的两侧

简单重复了快乐，吞咽不加消化的
思想甜品，身体背负了额外负担
轻快的沉重惰性渗进肌理，钝化了器官
心野走向荒芜，成为肿瘤病灶

把最专注的时间留给思考
去除纷扰和杂念，把自私伪善和抱怨
都抛在一边，清空自己的空间
把握属于心底里的东西
让静谧成为生活习惯
让江河清澈见底

致青春

1

青春是沸腾的热血，让凝滞消解
给生长注入活力温度，带动红色体液循环流动
让每一条贫瘠脉管，强劲弹跳

2

青春是饱满的蓄纳，渴望释放的战场
大山深处的萤光，孤岛上的灯塔
顽强划破夜色，触角细微，深刻抵达空旷

3

青春是疯长绿树，直上云天的向往
是紧贴高原的碧绿草色，密布纵横根须
保存泥土湿润洁净，不竭源头濯洗浊污流动

4

青春是跳跃火把，沿陡峭山脊线巡护
击退觊觎的试探，把企图燃烧成灰烬吹散
星夜如此静谧，多少梦消耗你沉默的驻守

5

青春是钢铁的齿轮精准运行
重复亿万回转动，庞大由细致支撑擎举
磨损的是锈迹，闪光的是涌动的力量

6

青春是狂飙的速度，颠覆腐朽败落
废墟旁大厦一夜矗立，水云乡路桥交互沟通
构筑人间天梯穹庐，天地一脉律动

7

青春是定海砥柱，搏击暗涌漩流
是水尖上的盛放，引导浪潮走向蔚蓝色希冀
出离小我，融入大我，是天空与胸怀的闪亮结晶

8

青春是翱翔的高度，一次次突破预设目标
与月球对话，向星云发出诚挚邀请
把冲击波推进未来，接收虚拟悠远的存在

9

青春是无声誓言，以自我践行体现价值
以奉献彰显荣光，以挥洒汗水飞扬魅力
以跨越的步伐无悔曾经，以短暂诠释生命的永恒

今夜，灯光点亮科技港（组诗）

智慧速度

速度来自自信，细致源于专注
240 天，站直一个城镇骨架
仿佛时间的快进，来不及回放
蓦然已是仰视高度

材料不是阴暗库房里的积存
彰显个性，原始的素朴自然生成
钢筋水泥身体，注入血液心跳体温
巨人，不再冰冷生硬

技术重拾被落日碾压的光阴
把破碎缝补完整，让昼夜超越
24 小时极限，指针不再空耗自身
每一圈转动，都是效率的输送

智慧让砖头有了灵魂
不是被动完成构筑任务，意识的使命
让蓝图跃出纸面，细节线条贯穿全程
圆润的弧度，快捷抵达完成

展翅起飞

搭一个坚固平台，建一座校园
打开所有灯光，让实验室日夜运转
这些，足够了吗？不
让身体升空的不是翅膀，是思想

拥有飞翔梦，拉长时间韧性
让弹跳的支撑深厚，汲取点滴雨水
触摸积云高度，设想每一次突破的力度
一步步接近可能

像光一样召唤，像水一样滋养
蓬勃羽翼伸展四面八方
昨天的荣耀奠定了起点高度
腾跃加速度，才是极致的追求

刻印心灵，贯穿细节
抓握每一次震颤释放，褪掉躯壳
完成重生，让创新走在智慧的路上
从今天出发，延伸到遥远边界

点亮灿烂夜空

天上群星，降落沣渭水畔
吸吮母亲熟悉气息，寻找丢失的记忆

倒映水面的金辉，如同万千颗心脏
跳动在古老河床，虚空旷野一片喧嚣

璀璨焦点，吞咽四方脚印
陌生目光，在这里无言融通
每一个单薄的背影，都托举光芒
把深邃的蓝色，拖曳到手边

摩挲婴儿肌肤般的新生柔滑，一声啼哭
令坚石潸然泪下，磨褪的指纹
触碰圆满，拥抱清晰的甜酸
释放锦绣云霞，光焰尽情飞扬

今天，让灯盏奢侈一回
从熙攘的人群，切割出时间网格
盛装昨日的冷雨热汗，点亮彻夜无眠
让心底的欢呼，狂响云上

学　镇

砖石的壁垒，让空气凝滞
让灵动鲜活沉淀，固守一隅安稳
仿佛附生的触角，捆绑了如水华年
潜蓄已久的设想，在期待中成熟

推倒围墙闭锁，打开通达重门

让远方田野清爽的风声，自由穿行
种下活力饱满，生命破土而出
纯净浇灌来自清澈源头

不是简单叠加，不是形式重组
让包容不断拓展，延伸边界
蒸腾散发膨胀浮沫
让内核压缩的空间，凝聚更强劲的爆发

踩着预设阶梯，一步步接近阳光
真实次第呈现，打开襟怀
让神秘清晰通透，果实散发诱人气息
高举双手，共同承接成熟的甜香

西　迁

从贫瘠到繁华，是向好的力量
从繁华逆行贫瘠，是信念的执着引领
黄埔江水滋润了吴语侬音的温婉
弹性肌肤，不知道等待的是
风刀划过的细密，弥合又开裂

简陋瓦房撑起低矮天空
干燥炙热蒸腾咸涩汗液
结晶的盐粒是共同心声的凝华
如同寒冷的冰封，热烈的燃烧

把艰苦经历当作青春过渡的必经过程，长进身体
磨砺成厚茧和皱纹，无悔的笑容

又一次西迁，沉浸渭水悠远
注入诗经纹理，割不断的牵连
让呼吸脉缕相通，坐标一点位移
视野凌空升级，无须借助满涨的风帆
张开创新时代的天翼，启航直上

胎　记

胎里烙印的记号，藏身隐秘位置
随年龄增长，长大变淡
给我贴上了属地标签，飞得再高再远
总有一丝牵绊不时抻拉痛点，让我清醒
一些久远的预言，似乎正在变现

死亡阴影笼罩头顶
村外沙河蒸干体液，无法逆流成水
找回草木葳蕤、虫鸣鸟啼的青春
葎草狗尾草覆压田垄，碾压一切有生力量
多样被完全控制，蜕变成单一
群体性失忆，无声无息偷换了家园概念

荒芜的故乡在冷冬萧瑟
红绿彩灯仿佛冷笑话，看客阴郁
表演者卖力尴尬，油彩腮红掩饰不住萎缩肌肉
皲裂皮肤仿佛土地庙前的老槐树
早已开始生命倒计时，往事不能沉湎
模糊不清，如烟散尽

肆虐的风吹响冲锋号

腐柱朽椽绝望呻吟，老迈无泪
被我称作太爷、爷、伯、叔的人
一棵棵倒下了，或者正在倒下
最大的心愿是，葬在村里柿子园——
第四生产队，不受火烧的煎熬
尸体没有痛感，他们说出的话伤痕累累
血肉横飞

从来没有认真回想父辈的艰辛
无忧童年被他们扛上肩头，举过头顶
摔泥巴的游戏里，品不出叩拜黄土地的心酸无助
童年的无忧只是记忆假象
真实太过残忍，记忆自动过滤
或者直接遗忘，剪去残存片段
生活从以前延伸到将来，一路跟跄

什么都不缺的日子，喂养了空虚内脏
晴朗午后直冒冷汗
一夜暴富的梦渐变真实
今天已经预支了明天的承诺，明天以后呢
自有天意安排，现在只负责等待
只需要激动围坐门口，来回踱步
种植养殖一起埋葬在旧日历
生活与节气无关，与天气决裂

迷失浓雾中，陷落设想的悲哀

谁会出手拯救，灵魂禁锢太久会磨蚀天性

放逐太久不易找到回归的路

也许，身体里自然生长的印迹

能够解读疑惑，让心宁静

也许，许多记忆注定要失去

永远回不到从前，破碎成齑粉

韩南村旧事（组诗）

陨 冰

柳笛里飞出花絮金波
莺雀在芦苇荡筑巢孵蛋
沣河水没有结冰，木桶水缸也没有
背阴柴草堆早都晒化，除了暖和
还有燥热，赤脚把春天残存的微寒踩踏

突然砸下黑影，冰冷了五月天空
完整落在墙头，耀眼碎片连同土块
四散院子，两户人家隔墙发问
"谁耍怪，往啥地方扔"，答复是同样发问
仿佛自己的回声在空旷里，折转碰壁

冻凝许多秘密，带着使命下凡
没有片语只字，以破碎昭示某种含义
知觉者领悟到来自天外的神意
是凶是吉不可说破，也许只是告诫
怎么承接这无故降临，众生忐忑

三炷青烟缥缈，出使两界
蜡烛照亮抵达的长路，升腾虚无

捧出一个仪式，一口牙齿诠释答疑
细数心头恶念，许多的冒犯冲撞
叩拜表明折服，块垒需要化解

人群成流，继续漫溢
汇聚似乎能够驱散恐惧，稀释灾难
科学嘶哑嗓音，拦不住汹涌
浪头催开花朵，光芒闪烁其词
河岸在无尽远方，无法触及

神　婆

与他人无异，平常身高普通相貌
每日三餐玉米糁酸野菜，杂粮面饼子
指派女儿们，站高凳子切菜和面
两个儿子搂柴担水，喂牛拔草
老伴整年在地里操劳挣命

五个孩子单裤光脚，哆嗦在雪天
血口子割裂肿胀手背，植入瘙痒
鼻涕蹭满襟袖，跺脚也止不住
冷冻侵袭，竹篾子光席刺痛脆弱
冬季的月亮分外冷酷，静夜难熬

夏粮总是接不上秋玉米
饥饿与春草一样，蓬勃生长

浮肿的恐慌向外漫溢，淹没白云间
缩水裤腿无力遏制，任由垂挂半腰
粗糙的肠胃消化所有进入，嫩芽生菜

一口鄂陕混杂的秦音
从未高声号令，总是围拥众多追随
念念有词，说给自己和未知
黑暗之山在眼前，光亮在远方
翻越许多曲折，靠近迷津响声

多数时间昏然欲睡
清醒时刻木讷无话，哈欠不绝
突然变换神色，喉舌流利诉说
把烟气聚拢头顶，天眼看透迷层
摆渡灵魂，也摆渡自我孤独

灵　蛇

后院草房子墙根，几层密闭人潮
正在淹没一条小蛇，双头分歧
四只眼睛，惊恐无助
与同样惊恐的众目对视，扭动柔软
寻求逃离机会，遁地缝隙

鬼魅被牢笼囚禁，外露利牙
失去狰狞，泪水变得酸楚

也许本就懦弱，潜伏潮湿阴暗
蓦然逾越界外势力，坠入噩梦
光明隐藏在很多假象后，就是地狱

奶奶一病不起，烧热不退
撕扯衣服，抓挠手臂够着的空气
似乎挣脱枷锁桎梏，驱赶近身的梦魇
呓语和着长短呼吸起伏，咒骂声里
谁也不解只字，惧怕种满村子

黄表纸承担救世大任
火烛点亮灵动之光，普照合欢树
香气缭绕虔诚，邪恶退缩无踪
自愈密门全部打开，让传言通过
昨天死在黎明前，晨光站立如常

记忆过滤了多数发生
可以打捞的事件，被时间暴晒
细节依然清晰爬过皮肤，蠕动瘙痒
有时猛然刺痛，让尘埃无力封藏
把想象的外延无限扩展，爆破

无疾而终

青筋蜿蜒皮下，附着手背腿肚
弯曲或者伸展，都在奋力蠕动

好像驮着千钧事物，爬行在山路
卸去一点压力，瘫卧如泥
增加一丝沉重，随时都有破裂可能

身体满是纹理，纵横交错
冷硬呈现岩石质地，在荒原里磨蚀
锄头，铁锨，镰刀，是锐利武器
砍斫挖掘捶打，恨不能从沙土里
直接刨出面条蒸馍和肉臊子

饭量惊人，什么都能消化
没有吃够的满足感，时常自语
"啥时候能天天端老碗，顿顿油泼
biangbiang 面，死了也情愿"
一声长叹，淹没了臆想美味

暖阳穿透破棉絮，温暖脊背
叫醒蜷缩的饿鬼，吞咽口水和空气
总是纠缠，从梦里到眼前
不放过每一次加强和扩大
与麦子都种在落雪前，寒冷天

睡梦中回到归宿，终点与原点重合
所有感觉随之隐遁，没有空鸣搅扰
不再煎熬忍耐，哭叫的泪眼模糊渐远

疾病触角难以浸入，黯然褪色
倒头前辉光一闪，平静如石

运　数

春的后面是夏，夏的后面是秋冬
冬过去了又转回春；夜的前头是昼
昼，最终还要回到夜
日复一日，循环无限
重复的单调，为什么不放弃

梦里，闯进熟悉的场景
再现发生的往事，触摸细节纹理
质感没有一丝生涩，柔滑贴紧皮肤
怀疑眼睛不忠，或者记忆偏差
从未想过此生与自己对面交谈

镜子里的表情，高度神似
蹙眉时注满悲伤，飞扬后眼角带笑
附和每一个夸张和收敛，不辨左右
没有干扰打断，独角戏无声上演
追问，碰撞在冰凉的自己脸颊

时间遵循自己的原则，行走在
圆形路径，让枯枝开花
让卑微结果，给预设增添一些变数

错过的还会遇到，丢失的能捡回来
走远的还归起点，抛弃的可以再握吗

存在节点，一种向另一种的过渡
转化不会瞬息完成，眼睛只看见片段
在沉湎中忽略过程，平静里暗流涌动
总有一两朵水花，超越凡庸
实现裂变突破，成为完全不同的某种

传　说

空心树洞，稀疏几茎横斜
与死亡并排而行，或者吞噬
或者被吞噬，两种结果共存
衰老扭曲，一直长在年少记忆
延伸到青春和壮年，扩散到垂暮

人潮密集眼前，夜灯架设打谷场
小媳妇们再现劳动情景，欢庆丰收
只手撒出的空气里，也带着弧形
麦子谷子稻子玉米粒飞扬的轨迹
仿佛联通成熟田野，热浪翻滚

脖颈下的铁钟声，是每日必修
也是听到的唯一喘息，除此只有默然
可以理解成懒散颓废，也可以是超然

见惯了聚散，读懂了翻转
大喇叭训话越来越少，农具不再集会

在春天之后醒动，雪花之前沉睡
把一年简化到自我标准
漫长一觉，忽略了众多生发改变
偶然闯入者，在黑暗里摸索试探
流星的光芒，划过真实与幻影边界

空心老槐树，代表了许多逝去
包括身姿声音，包括经历者
许多细节由我口述，无须佐证
从此，可以自信告诉后辈
韩南村的故事和传说，烟火缭绕

故 乡

天涯不远，咫尺难以触摸
故乡徒留躯壳，丑陋酸臭
靠近总会渗出和着污血的体液
割断脐带落下的旧疤，隐隐作痛
故乡的身体里塞满石头和病痛，寸步难行
喜鹊们纷纷挪窝，捅破天空的枯枝没有温度

团圆的想象被迁徙肢解
从北向南，从西向南
从寒冷到暖和，从干涸到润泽
水与火的追求是本性，赤裸四肢的自在
在体内复活，不断生长
从前的太阳明亮无伤，晒懒了锐利
语言柔软如线，在采猎中消磨

陷落无底深潭，被囹圄捆缚
自由的翅膀奋力挣扎，逃不脱亲情长索
我的眼泪没有水分，只有盐
笔墨写不出哀鸣，我们都将沦为片片树叶
留不住秋色，转身腐朽，在冬的边缘维持惯性
展开的弧度，滑落树冠阴影

我说爱你时，非常反抗
仿佛被迫入洞房，与仇家联姻
我说不爱你时，羞愧难当
是个败光祖产的冷血逆子，不可饶恕
深陷其中，无法做个旁观者
理性和克制在年节失效，旧窠臼
拉扯离开的脚步，一同沉降

温暖体感散失成熟路上
猛然洞悉，记忆一直说着善意谎言
掩盖了残酷真相，许多熟悉露出狰狞
对美食新衣的回想，是悲哀的缅怀
对亲切的回应，要付出隐私代价
祖辈的旧年酒缸，不时在阳光下搅动
沉渣泛起，或者发酵成醋

不是那时多好，是习惯坐在井底
每一束云彩偶尔的投影，都是恩典
每一口食物带来的饱胀，都是盛宴
每一个下雨的白天，都是狂欢
每一个按时安眠的夜晚，呼声雷鸣
有线广播的宣传，都是真理和服从
自由丢失太久，已经不能正常直立行走

幸福的根源是无知随流
若思考必然陷入痛苦
拒绝反思，群体性自我麻醉
拒绝改变，怕失手摔烂吃饱饭的安稳，割破臂腕
拒绝重组，躺在经验的柴堆旁烤火
一边摧毁壁垒，一边再筑围墙
不划定具体边界，灵魂无法安歇

故乡坍塌成废墟，狗尾巴草
撒满百倍体重的种子，村落与田园
同时迷失，长出麦子玉米、辣子茄子的土地
被放逐黑暗，野蒿们侵凌她曾经的丰腴
榨干最后一滴水，枯槁老妇人仰面朝天
等待死神接纳，忏悔的火焰衰弱无光，断续跳跃

心里悲哀叹息，这腐朽里深埋着
崛起的方向，至少她赤裸暴露
不再拒绝救赎的手臂，不再戴着
面具自我安慰，不再以经历者的口气
引导每一滴水的流动
向上的阶梯筑在清晰层面，缓缓攀升
遗忘捷径的抵达，把自己落得更低

故乡的渗透，如同自带的胎记
穿凿骨血肌肤，盘踞一处隐秘

洗不掉的过往，丢不掉的呼吸
注定陪伴终身，不离不弃
想起多年前埋进院子的牙齿
洁白无瑕，又那么孤独
替我继续咀嚼难咽的艰辛

桐　花

阴雨的午后，适合怀念
历久的积淀不是青石板，是吸水海绵
轻轻挤压往事成串滴漏，汇成流泉

四月，苍老桐枝流动活力
淡紫清气弥漫小院，暮色里的你
坐在矮凳缝补时间的磨砺，披着霞光

你说着谁也不懂的话，给鸡狗
也给孑然的自己，给不成文字的白纸
不成曲调的歌谣，给远方的虚空

你的名字是"四姐，四婶，他婆"
年龄含糊可疑，你的边界二三里
你的时间是鸡鸣、日高和日落

你的饮食是我们的笑声
干渴是我们的跌倒，笑容是贴在墙上的奖状
除此之外，还有什么能让你转变神情

忧伤的沟壑，被岁月填平

熟落的果子与老树不再牵绊

老树熄灭了心灯，咳嗽不再是呼吸

离情的旷野溢满甜香味道

粗糙温暖的手掌，摩挲我的发辫

记忆穿透涌动的泪色，蹒跚眼前

儿子说，我还记得太奶奶

绾着一个圆鬏鬏，很慈祥的样子

凌乱的稀疏银针，总是刺痛我的泪点

温暖和孤清都是我的柔软

若隐的空蒙，长在骨头融进血脉的浸润

是怎么也褪不掉的生命本色，叫作永恒

母　亲

你从泥里诞生，被抛弃荒原
你又在苦难中诞下自己的孩子
把痛苦的种子同步种下
你时常无声的泪，被风蒸干水分
留下咸涩，一遍遍洒向他们
努力愈合的伤口禁不住
一次又一次挣裂，血流不止

一切来自于你的血肉
填充撑大你弹性的子宫，如同宇宙初始
混沌里的漫游者是一个完整世界
你全部的财富，毕生的寄托
可是他那么弱小，没有长成的心里
只有自己，只看见黑暗

对不确定的未来，抱有各种幻想
他贪婪夺取你的胃口和美味享受
磨砺你的耐性，锻造你的筋韧
然后挣脱身体，留给你污血碎片
突然的失重迷茫，脐带早已剪断
一个完整分娩出另一个，相似的完整

呼吸不会同步，心跳不能同律
被甩出的流星，早已忘记着床的土壤
细胞分裂太快，来不及思考，只凭本能惯性
按自定义空旷滑翔，时刻寻求突破
却始终沿预设轨道，匀速环绕
圆圈的中心，还是你的指引

与子书（组诗）

在黎明诞生

越来越频繁的阵痛，让我疲累到瘫软
只能睁着眼睛，反复默数 1 到 100
把时间切分成片段，似乎把疼痛
也分割成了碎块，从晚上 9 点开始
我以沉默忍受，只为迎接你的到来
不再关心是男是女，只为一个顺利结果

我以漫长疼痛，结束 10 月酝酿
你却以微笑开始人生之旅，只在被拍打的瞬间
发出半声报告健康的哭腔
护士笑着说"这下好了"，额头渗出汗珠
而我已是浑身汗透，只想长睡不醒
我的手腕你的脚脖，被套上了一对条码

我的手你的脚，按在同一张白纸上
你的掌纹像一枚跳动的心，被我捧着
我屏住呼吸，压住脉动，小心触摸你的光滑细腻
从未有过的紧张，激荡指尖
震颤了子宫和心房，不敢相信
自己诞生了这团粉色的柔软

你总是不哭，不论从婴儿室送到病房
还是被推回去，你总是不饿
呼唤和笑脸倒映瞳孔，你的眼睛
明亮如一弯初夏新月，一滴晚春初露
打量未知的闯入和莫名的激动
你平静得像一泓秋水，泛着光辉

琐碎杂乱的家务活，成为光荣使命
昼夜不息的苦熬，是闪亮的回忆
话题或是沉默，都以你为中心
嘴角眉毛都是你的心情，你的出生仿佛我的再生
黎明时微凉的感觉刻印血液
流淌在我们共同的未来

明亮的眼睛

没有过去可追忆，没有遗憾需要忏悔
没有痛苦必须沉淀，你的心水晶般透明纯净
火焰一样四面释放光与热，直视阴冷黑暗
没有一块阴影，能逃出你的洞察

只有无尽的向往，好奇的探索
你以热情和爱扑进世界的怀抱
你以微笑迎接每一张面孔，藏在面具里的阴险
你报以同样的灿烂，你以无邪打量每一双瞳孔

你的安详，足以让罪恶蒙生羞愧

让善良果敢走在坚定的路上

谁的灵魂，都能拧出湿漉漉的水滴

唯有你，温润如玉，舒爽如春

最美的辞藻叠加，都不能表达

你带给这个世界的惊喜和震撼

唯有真诚永恒，唯有爱无坚不摧

让生硬岩石融化成水，让锋利刀剑

在寂寞中孤单腐朽，让鲜花开满硝烟散尽的泥土

如果谁还保留一点童真

他的心就活在可爱的围拥里

风吹过的每一枝枯木，必然生出嫩芽

出生的疑问

你听单位里人说，自己是我

从河里捞上来的蝌蚪，不相信

大家都这么说，只好默认这个结论

但从不承认，你是我随意一笊篱的盲目

坚定认为，自己先看到了我

觉得亲近，主动游到我的手边

是我选择了你，还是你选择了我

在你心里分别竟这么大，你的依恋和信任

毫不掩饰，无比自豪
仿佛我无所不能，可以给你全世界
似乎我可以陪你一直走下去，没有尽头
你的爱发自肺腑，直抵我的柔弱

我让自己变得强硬，我包容随和
不再挑剔衣着的洁净，只图耐脏好洗
开始吃剩饭，吃你送到嘴边
沾着口水，被手指反复搓捻的心意
我不再留长头发，怕你揪扯得脱落
我胃口打开，不在意虚胖的体型

你给了我全新的世界，给了我
重新思考的慎重，我审视着自己
要以怎样的形象站在你心里
要把你引向怎样的美好，我无法预知所有结果
怕约束了你，怕放纵了你
怕你天真到伤痕累累，圆滑到恶俗

如今你已成年，我将渐老
我的负累要由你扛起，就像我牵你过马路
你也要扶我躲避车流
耳畔总是回响你清脆的声音
"你走不动了我就背着你"
爱就这样传递责任的温度，不会消亡

最美白头发

你说"妈漂亮，脸也白，头发也白"
你仅有的词汇里，白就是漂亮
每次洗过手会让我检查，说"洗白了"
擦过脸会让我闻香气，说"白不"

你把心里涌动的最美词汇，献给了我
每一声"妈，妈妈，好妈妈"
就是世间最动听的抒情诗，足以
慰藉剥离时的痛楚，养育里的劳累

白色，看似一无所有
其实包容了世间万物，合成了光的颜色
把吸纳的混浊，过滤成澄澈通透
似乎不存在，却处处留情
你天生的纯净，竟与自然如此契合

你未受熏染的纯净，来自
赤子的裸露与柔情，而这最珍贵的属性
被岁月从成年人身上消磨殆尽
要怎样努力，才能保护你的纯与白
要怎样呈现一片蓝天白云，还原
你初生时的期望，而不是一次次跌倒后
推翻想象，在无助中渐失明亮

把一切都给你，还是不够
我的手指，只能牵引你到不远处
独行的日子更长久，你的步伐
只有走过荆棘丛林，才能看见最美的花朵

清明·怀念（三首）

祖父·镰刀

从前太小，从未有过沉重思考
残留碎片闪烁亮光，汇聚欢笑
时间太久，你的影像模糊在三十六年前
我早已不悲伤，也没有一滴泪祭奠伤口
我愿意保存，你直立的暴躁和洪亮

岁月弯成镰刀，收割宽广六月
锐利体现在刈割过程，飞溅的汁液和声音
是它的令旗战鼓，麦子跪拜臣服
正午阳光下头发闪烁尊严
你是土地真正的主人，藐视一切狂妄

谁能理解生锈的寂寞
比消亡，更能杀死一具鲜活躯体
一些事注定要逝去，一些叹息只能是
回声传递，就像铁器归于熔炉
归于天空，木器一定要还归腐朽
归于泥土，离开战场，你的脊梁蜷曲弯弓

祖母·纺车谣

时间的棉花堆成黑夜，抽出无数
杂乱头绪，苍老指头续不起一条完整
一个又一个死扣绾成疙瘩，计算光阴脚步
丈量时间刻度，最后一刻吐出
一线连续，把黎明摔倒在身后

端坐草蒲团，盘起双腿蜷成圆心
沿纺车轨迹行走，在黎明与黄昏的半径之间
逃不出黑夜，生命在旋转中嘤嘤作响
逐渐缓慢，倒计时的喘息逼近耳畔

你纺织了多少棉线，缝制了多少布衣
锥纳了多少鞋底，双眼结晶混浊
耗尽全部鲜活，双脚被捆在三寸鞋窠
走不出十里之遥，你以野菜果腹
以凉水做药引，生命底色单薄昏暗

你在云端迷茫，稀疏霜发浸满蓝色宁静
泪里的盐蜇疼我崩裂的旧伤口
除了雪，我能拿什么焚烧思念
除了你，我还能为谁悲痛欲绝
除了爱，还有什么让我撕心裂肺

父亲·生命榆

爱树的你怎么也没想到，亲手把自己
种进土壤，长成一片榆树林
光秃的枝丫上，簇拥着密集绿意
谁曾留意过尘埃的花朵，如剥落的皮屑
缩短开放时间，乘着第一缕春风
让心意抵达故居，和遥远未知

生长延续了存在的意义，心灵图腾需要
旷野的宽广与空虚，迎纳每一枝向上伸展
包含每一叶坠落腐朽，所有空旷
都会被丰满填充，也将被消融
再次腾空，往复推动时间脚步

所有看见都是过程，唯有韧性的意志
永恒传递，我不会为春阳下的枯立木悲哀
它的灵魂附着在每一种物质，生长在
我身体的某一部分，随时冒出皮肤
我感觉自己，僵死在一片笑脸野草的簇拥中
触动根须的凄楚，网罗血脉里脆弱神经

父亲不知道的节日

用力留住全世界，双手虔诚托举的
只是浮尘，撑起飘摇厦屋
榨干了热血豪情，消磨了花白须发
挣扎在困顿漩涡，不是跌落
也不是脱离，你扛着一个时代的重量

期盼你法力无边，无所不能
我们躲进庇佑长不大，预设的构想瞬间崩塌
茫然四顾，一片波浪翻涌
没有停驻安然的岛礁，才知脚下土地
是你出水的脊背，冷硬如同铁的温度

以为你不知疲倦，未曾想过
你连水都咽不下去的虚弱
疾病灼烧脏腑，脉管里的火舌吞噬灵活
攫取体温，六月的暴晒暖不热渐冷身体
你最后的呓语，直指我归来方向

以为经历了离别的锥心，可以风干悲伤眼泪
被忙碌覆盖的真实情境，总是在特定的节点复活
在雨夜的灰霾里弥漫，剥去正午光晕的想象

放大逐渐淡忘的隐痛，再现不堪残忍

坟头的野花败了，光阴立定绿色浓阴
黑蝴蝶的翅膀升空，白蛾子盘旋丘冢
苍白内心挤出无力文字
打动全世界的真情不及留在尘间的一声吆喝
晴空下甩开皮鞭的激越，落在五十八岁
麦收后的大片空闲，急雨劈头盖脸砸下

记忆过滤了痛点，许多温暖的片段
构筑完整细节，连成向下传播的故事
我时常打捞一网游丝，作为困惑时的养料
萎靡不再是失落的附生物，时间带走了所有借口
弯转的路需要勇气铺平，独行无处不在的注视中

风中的叹息

你的乱发在暮风中无措
皮肤褪掉水色，萎靡成褶皱的干瘪
覆压胆怯眼神，你的心田龟裂无数板块
漏掉了时光的灵活
你的色彩只剩下枯槁和荒芜

想到你，耳边总是响起幽怨的叹息
遗忘了恒温胸前第一口乳汁的饱满
丢失了有力臂膀架起的飘然
我的安全来自没有条件的信任
我的幸福是你随时的陪伴，低头的柔软

我向前迈步，你站立原地
回头看时，你越来越小
仿佛后退了很远，模糊在苍茫烟雾
我们没有心灵和语言的倾诉
只有隐隐的痛楚，一线贯穿
我怎么也抹不去阴郁的沉闷

我无法返回从前，唤醒青春的你
也无力拉住西下的辉光

不让它被摇摆的树枝抖落
如同抛洒一地的残花黄叶
我的疼痛来自你不能应对的现实变化
我挣扎的悲伤是，存在与期冀的博弈

也许应该顺应改变，让衰老只是衰老
不再外延扩散，向下传递
你雕刻了自己的曲折，谁也不能抚平
让这粗粝长进身体，被时光打磨
不必刻意剔除，我们都要接受时间的锤炼

乐声飘过故乡

敲击潜藏的存在，激活千年沉睡
我看见自己灵魂的模样，快乐舞蹈
伏地抽泣，身体充满又清空
飞来又离去，如此反复

我够着了童年纯洁的田野
已经收割的麦穗，成束躺在夕阳里
等待回归，夜带着草色气息
从麦秸管流淌，覆盖了土地

湿润的车辙，延伸到烟雾
我不知疲倦奔跑，斜射的光追赶着脚步
翅膀随时生成，无限拓展
故乡的风景，模糊成幻影

我看到熟悉的皱纹里，刻印陌生
人们坐立低空，神色凝固
说着没有意义的话，掩藏心声
脚下的路通往八方，无法出走一步

诞生的土地一片泥泞

飞翔的天空雨水沉重，束缚自由乐声
没有人捕捉瞬逝的闪耀，没有人在意
宁静里的低吟，人们拼命迎合改变

只为搭乘时间轮渡，远离此岸
漂泊在失落花园，彼岸隐约浮现
需要驾驭毅力和努力，才能抵达
那片荒芜，仿佛就是曾经繁花的原乡

秋天密码（组诗）

暴　晒

太阳停滞抛物线高点，随惯性拉长
依然昂扬主宰的头颅，聚焦散射重量
光斑透视最隐秘的潜伏，不留痕迹
助推白露替换立秋，夜色蚕食白昼边缘

正午空气热烈燃烧，眩晕在枯瘦河床
龟裂护着旧伤口，新生肌肤在皮下凝固
释放病菌脓血，同汗水一起结晶盐粒
让裂缝自由弥合，不留人工雕琢痕迹

头顶撩人情丝风干灰飞，出离当初娇嫩
挺立傲然饱满，不再含蓄遮掩
欲念撑破单薄玉米衣，裸露全身牙齿印痕
所有无意识的开始，终将走向极致诱惑

淋　漓

九月半天空突然下坠，淹没了地平线
昼与夜连成一体，融合在灰白19度
写不出苍茫感慨，时间没有锁定枯槁
颗颗翠色努力捕捉一点光亮，破茧出发

意料中的欢喜，满足内心思虑焦渴
吐纳杂糅气息，交换彼此需求
恍惚黄土板块漂移海湾，触摸之处
都是水色流淌，梦里发辫湿润盘绕

垂直排列无数通道，放行积攒的沉闷
每滴都淫浸着饱满，陨落是又一次诞生
生成雪花根须，为盛开洁白提前铺垫
以日月为半径轮回四季，离开和拥有
是直觉假象，从未真正转身与回头

风　干

风的流动代表空气速度，从七月狂热
到九月温柔，性格逐渐过渡到成熟
赐予嬗变借口，接受封裹理由
在旷野舒展飞奔，转身成为暮岁顽童

持续翻捡遗漏，每一树都烙印沧桑锈色
在梢头配合光的节奏，从外向内跳跃
浸透的脚步直行昼夜界线，左右摆动
月的弯刃无力切割一条绝对，一条分明

抚摸累垂，催促核果褪去青涩蹉跎
冲刺绷紧红线，激活潜能转换还原

把水分交还给卷云轻雾，完成终极行程
残存一点湿润，由时间再次分配

着　色

浓度潜伏在绿与红渐变中，呈现酱紫过程
魔力尖指指挥光点，从外向内渗透
而真正的成熟是，心里色调穿透纹理的逆行
皱褶了弯曲线条，蜷缩冬眠姿态

味蕾在舌尖爆炸，蘑菇云盛开脸颊
被激活的洞藏无绪释放，毛孔充斥血红呼吸
欲罢不能的感觉，引发口水战争
一滴清泪辛辣滑落，鼻翼选择目送

热烈是个性也是修行，转身的从容
藏起灰蒙暗流，汹涌在脉管起伏
从未真正学会放下，不愿假装无所谓
距离平静的一刻，隔着生硬冷漠面具

孕　育

改变开放层次，破解花期密码
木兰缩骨，从远古山地褶皱残存
挤进城市熙攘门庭，在穿梭尘烟里自证
未曾驯化的野性基因，缓慢流动持久

倾听脚下隐隐暗河水声，想象留在原始胎音
鼓胀起伏里盘绕脐带，连接脉动
一口呼吸均匀两颗心跳，重新记忆自我形成
莫名激动欲哭的憧憬，化作浅笑柔情

聚合菁葵果分娩一个个鲜红，落地无声
向谁祈祷新生之路，不再摇坠枝头
漫长孕期守护的苦楚，化为轻翅擦拭额头
释怀放空全部，泪眼凝望是最美母性

蓄 藏

薯根把膨胀连成一串，每个凹陷芽眼
蛰伏不同深浅，都是生命最初探索
冬眠温暖里萌动探望，梦的真实回放
是风中奔跑的田野，冰盖里开裂的涟漪

天空把云雾堆砌殿堂，凝固虚幻想象
收敛浮夸表情，给明艳输送深沉的理由
长觉乍醒拂晓寒冷，到处都是解禁的流动
包括融雪里的合奏旋律，山脊线流畅舞步

心情把爱意包装，捆扎野菊清香缎带
寄给星星上另一个自己，凝思眼神互致
曾经合体，离别只是团聚的另一种存在
触手之处传递光年相同，恒温三十六度半

桂花香

天际涂满低垂苍白，独步曲径悠长
心思饱浸风雨，随两岸苇荻飘摇不定
蓦然遇见梦的阳光，从阴沉里围拥而来
掠过鼻翼唇边，传递初吻的颤抖

米粒蜷缩手脚，容不下无限放大
需要一个突破方法，完成直接表达
以自我存在命名一种味道，青春胴体
充斥长短呼吸，掌握心跳律动节奏

鬓边留有缠绕温度，铭心感觉刻印骨血
从记忆深处打捞流失残片，拼凑完整图像
剥离层层复杂掩蔽，还原简单无言
觉醒沉溺于水色漩涡，最初的轻盈纯粹

中　秋

仿佛设置了节气程序，走进秋色领地
放慢缓奏，贪婪吸吮薄雾里熟悉的散落
母乳清淡的原始信息，隐在小村碧青色轮廓
犬吠撕破完整记忆，拼凑碎片沾满露水

横躺行囊塞进太多奢念，清空瞬间
一片迷茫，长久构筑的坚强轰然塌陷

失重感充斥全身毛孔，还有眼角的滑落
悄然结晶咸涩酸苦，风干那些不堪回首

把心情揉进面团，在模子里压成圆满
团圆期愿在柴烟里接连月光，抛撒无形
网罗四散游动，聚拢一种牵引情愫
不论出发多久，总能找到回归的最捷径

无法忘记（组诗）

口　味

她喜欢素淡，他喜欢肥腻辛辣，葱姜蒜
她不愿尝试改变，他也没有退让半步
饭桌上火药味十足，战争每天都在酝酿
爆发只是时间问题，由心情决定规模

一阵风就能吹散的结合，仍然维持着
温噱水的日子，磨光了激情与憎恨
他每次出差外地的时间，都是她的解放日
回归的阴郁，被行李箱拖进家门，波及延伸

他走的那天，她没有一滴眼泪
甚至长舒一口气，不必在厨房里纠结了
真正按自己的心头爱，做了一顿合意饭菜
却如同嚼蜡，完全不是期待中的味道

雨脚如麻

只有下雨的日子，父亲能饱睡一觉
从午后到傍晚，再到清晨，长长伸个懒腰
抖落一夏的尘土与疲乏，注入鲜活力量
浪费白昼，不去想地里的玉米苗扁豆蔓

只有雨能让父亲眉头舒展柔和

讲述外面轶闻，陈年往事

亲情温度在大手小手间传递汇合

橘红灯光洒满厦屋，剪影印上北墙

父亲走的那个夏天异常干热

青苗拧成细绳，送别的村路尘土凝滞

地炉蒸干眼泪，花圈纸马轻烟飞天，又落地盘旋

前脚回到家，后脚雨就追来，下了整整一夜

恓 惶

这个词，下乡时

房东大妈对我说过多次

第一次走进土窑洞，总忧心

天塌下来，不敢深睡

秋夜的蛐蛐在裂缝里鸣叫

头顶明光掠过树梢，照不到窗台

大妈从门口走过，叹息里带出这个词

铁皮桶沉淀三天前的新鲜

和水蛭的记忆，黄褐色渗到骨子里

白纱布只过滤表层，咽不下去的表情

吞不进的迟疑，被大妈看透

一声低叹，心捕捉到这个词

院前的西红柿，矮墙边的梅李沙果
包进白手帕，避开馋嘴孙子的搅缠
偷偷放在方桌上，小脚走出屋子时
门帘的风远远送来这两个字，无声落地

托人捎去过一双机制小鞋
再也没有见大妈一面
没有听到过这个被现代人抛弃的词
恓惶，陪着大妈葬进了后山坡

祖　母

胖胖的脸庞，颤巍巍的碎步
斜襟灰袄白手帕，种进头脑里定格
从记事开始直到最后时刻，没有改变过
天堂的颜色由心意决定，染成永恒

灶台，前院，后院与庙门前老槐树
圈住一个四方天，偶尔延伸到五里外镇街
被绑缚扭曲的小脚，在这口井底行
棉花捻子转不出长夜的黑影

牙齿先走一步，与脱发一起
被喂进吞噬残余的墙缝，据说这样人死后

魂不远离，宁可坚信不疑，只愿星空之外
还有灵魂栖息的掩体，不再疑虑

久坐门口条石凳，长成一树空心
几段薄皮缀连，开始生命倒计时
最后一点辉光，在搜索孙儿回家的路径
枝叶依然顾望村口方向

那年夏天太阳格外毒辣
榨尽野地里全部水分，暴晒午后
却止不住眼里泪和着咸涩味
点滴淹没历历往事，清晰细节

就那样突然瘦了，就失聪了
几近失明，说不出一句话
从土炕摔倒后再也没有直起身
以不变的姿势被装进备好的三层老衣

蜷作婴孩的大小，斜行疤走过大半个脸
不再有呼噜声起伏，试探气息变得密集
上天对一个人的眷顾，竟然是安详带离
兑现了曾经的承诺，距离上次大病二十五年间隔

隔辈儿爱只会下潜，无法溯流
遗恨随木棺一同葬入瘠薄沙土

化纸飞扬徘徊，让风旋转拾走
无力拽住无常的脚步，跨过奈何桥

没有墓志铭长春树，音容云烟散尽
本以为时间可以冲淡一切
谁知尘封的火山一触即发，喷涌岩浆
童年的记忆早已烙化骨髓，锁进基因

在即将拆迁的老房子，一个旧木匣子
躺着一张身份证，她的主人是李新兰
生于一九一八年三月初四日，期限是长期
卡片上最后的谎言，让我骗谁去听

记忆端午（组诗）

采艾叶，把清香露水挂上门楣

这个日子，是属于奶奶的荣耀
她知道沣河岸边，哪里的艾草最新鲜
纯银尖叶在青绿长杆挺直腰身
清苦气息，映射不易生活的暗香

不用花钱，遍野检视天地馈赠
奶奶总是面带慈祥
目测扬起的整齐，把它们揽在怀中
挑捡一致的高度、品相和颜色
仿佛摩挲婴儿柔滑胎发，湿润体味

也许她早就料定结果
前往的路上，明确了中意选择
那些草色一直长在心田，从未离开
给予她仅有的收获的灿烂

擦拭门框尘土，洗净春联残留底色
秦琼敬德返回天庭，一束红绒绳捆扎的青艾
悬挂头顶，她领我们虔诚叩拜
融进脉管的庄严，是发自内心的期盼

有梦，就能成真

包粽子，坐等黑夜显露白光

乡间的雨天是假日，包粽子
从收工后的傍晚开始，提前采摘的芦苇叶
阴干储存，青春暗藏心底
淘米水一整天的浸泡，让她们再现芳华

干硬声响变成滑润舒展
每一缕脉动，都饱含丝丝亲情
呼之欲出的温馨：糯米，红枣，红小豆
让淡忘的味蕾瞬间复活

在掌心聚拢，从指尖华丽转身
三角落地一角朝天，完成站立的姿态
松散颗粒被两千年的仪式
紧紧粘合，无形内力穿透有形包裹捆缚
人间烟火从未消散，深扎记忆

端坐灶口，把虔诚一同扣进笼屉
柴火苗燃烧热烈，滚沸水诵读悠远
不敢私自揭开锅盖，时辰不到不可泄露天机
静守曙色，饮食的欲望退居身后
我们如同历经九九八十一难的圣徒
手捧律令，一阶一阶抵达殿堂

佩香包，让仪式长进肌理纹路

从艾草露出地面，就开始想象
长高的模样，从芦尖扎疼脚心
就在算计，哪一株能长出宽厚掌叶
希望始于虚无空白
逐渐丰满圆润

百草味道，百花青春
压缩在心形香包，红绿配出庸俗明艳
还原凡尘最直接的表达
抓住云霞和阳光色彩
缠绕手腕脚脖，系上腰间襟扣

被光芒围拥，被香气环抱
清苦生活让柔性弹压，忘记了粗粝饮食
淡化了远方丰富的诱惑
心意安居一方泥土，清空过往一切苦难

做一回幸福麻雀，在云端
展开凤凰翅膀，扇动星空的明亮
不要深究结果的时间点，不用质疑虔诚的真实
也不要惊讶意志的作用力，人间不舍牵绊
终归是丝丝缕缕祝词，一路护佑

点雄黄，百毒不侵朴素初心

奶奶总是在我刚睡醒的时候
往额头鼻子耳朵，点上雄黄
酒味刺激出长声喷嚏，她念念叨叨
似乎虫蛇被堵住通道，我百毒不侵

听说过白蛇饮酒后显露原形
非常担心夜里醒来，多出一条尾巴
从小对爬行类光滑外表，诡异行踪
充满恐惧，奶奶的碎碎念让我从未受到伤害

她的语言它们听不懂，我也不懂
但我深信，它们似乎也极力回避
在田间山路无数次偶遇虫蛇，对视后
它们快速逃离，感觉我散发魔力

奶奶走不出方圆十里，几乎忘记了
自己名字，没有什么亲戚能够走动
没有高深思想教导孩子们，只以真情
践行爱的庇佑，这传承牵动泪点
不能承受的生命重托，交替生长

祭屈子，一些刺痛需要铭记

懂得了生存不易，才能理解死亡的价值

旧梦想一地沉渣，新世界飘渺无物
问苍天问厚土，问自己
五尺之躯安放何处，渔父说
清流被浊浪渗透，怎么自证清白

众生如觅食鸟鸣，叫过了
各自散去。以命相搏的人
让虚假繁华裸露高台，锦绣衣装亮出腐肉
流淌荣耀之光的水，也搅动悲歌
还有没有人，愿意赏赐我们
金玉的警世格言

蚀骨的精神需要铭刻
向上的气节直抵九霄，向下的释放沉降大地
没有回应，朝秦暮楚旗帜转换
声浪俱净，山河冷眼旁观
不断被重新命名，汨罗江一腔奔涌注入黑洞

从此端午不再祭天地，只是怀念
把热毒逼出体外，他活着是一茎艾草
死后头颅里的黄金铿锵作响
刺痛弥合表层，让隐伤植入脊梁
走动，就能看到关节挤压的明亮

要怎样保护胸中愁绪，集结家国记忆

让贯穿两千年的清醒，时刻回响耳畔
美好可以淡化，痛楚不该遗忘
要让异物感的不适，长成每个人的灵魂底色
我们多灾多难的火种，在版图鲜活跳荡

五月的阳光

怎么能拒绝你的浓烈

无时不注目，哪怕暗夜里，也半睁着眼

无处不渗透，就算飞上天，也寄托一线

无形引力，脉管里的牵连

前生已注定，今生来世挣不开

怎么能不被你浸染

一眼洞穿我心底隐秘

全部赤裸暴露在桌面上曝晒翻转

不留死角和霉斑，带着阳光的味道还归身体

亦如和缓的泉溪，昼夜不息

淘澄污浊的泥，留下明澈

怎么能走出对你的渴念

那些熟悉的厨房味道，缕缕柴烟

总是固执地把身体从四方拉回故里

尝遍酸甜香辣的唇舌

无法挑剔后院里青绿的韭蒜·

大铁锅里蒸煮的升腾热气

怎么能放下对你的依恋

让我时时回到无忧童年

放浪言语，疯癫肢体，痴醉神迷

可以随时倾诉羞怯话题，牢骚怨愤

那追随的温暖爱意，从襁褓流淌到高跟鞋

陪着我沉默，无奈，流泪，叹息

怎么能离开你的爱抚

两手空空归还，离家的行囊鼓胀浑圆

包裹一年的吃用，半宿的闲话，一生的叮咛

生怕漏掉一罐辣酱，半包炒豆

恨不能腾空家底，打包亲送

无力随我走天涯，留在指尖心头

捧着自己的眼睛一样，看护我的孩子

把给过我，未及给我的一切，叠加给他

我不知道那瘦小的身躯里，蕴藏着多大能量

总会在该歇一歇的时候，再次爆发

喷溅耀目火花，却时常兀自懊悔不周到

怎么能不为你改变

淡看江湖名利路，安守一份恬静

忘怀是非恩怨，净空心苑，播种良善

在至真至纯至美的路上，不停步

从来都在挥霍你的恩赐。未曾低头想一想

我能回馈你什么

迎着光，把黑影留在身后，踩在脚下
走在明亮的地方，不受歧途诱惑
在喧腾里浸润，收获鸟鸣花香
转身舒袖，抖落下一程，不带走丝缕
让我的孩子也走在阳光的路上
恰似我曾经的模样

九月原野（组诗）

野菊花

心事如果打包快递，该怎么填写重量
价值以及保质期，旅途颠簸损毁谁承担
要寄出的是百分百原味新鲜，拆开瞬间
会不会撞击朦胧泪眼，珠落咸酸

寄出一叶风凉，如果脉络清晰明亮
蓄满潮润呼吸，就是收到了秋意
拆封一缕阳光，透过手背折射金黄
就是回复遥远问候，读懂了温暖心情

收到一滴昆仑水，如果掌心波纹微动
就是领略了白雪山巅，奏响的曲线弦歌
寄还枝头一缕香，如果嗅到月下气息
就是思念的百足虫奋力蠕动，不知回头

原　野

昂着头的狗尾巴草，翘起骄傲
伸长脖颈蓄满灿烂，记忆里只有温暖
毛孔开放在包容怀抱，瘪籽收敛欲望
每一口呼吸都是新鲜味道，鼻翼充血

实用主义把卑微打入另类

秋刀斩断一切奢望幻想

那就以光为翼，飞跃地上所有阻挡

停在白露左边，不去细思迷雾烦恼

重生之芽蛰居胚胎，寻求另一种途径

衰黄枯槁只是伪装，蜷缩姿态弹跳命令

由原野下达，九月正预备下一季盛宴

邀请函由风如期送达，不必回复

露

折射月晕迷离，自带诱惑光芒

不知来自哪滴水珠，回归何处云彩

随暮色悄然出现，仿佛一直守护身旁

静夜里碰撞火花，燃烧累积压抑能量

呼吸调匀的昵称，最美语音写不成句

掌中刻画温柔，铭记或者遗忘的差别

时间最终解密答案，好奇试探暴露底线

追问理由苍白乏力，所有疑问敲击心房

一夕情缘结束于黎明之前，睡眼初醒

重新继续昨日平淡，浓烈滋味消散杯底

醉酒唇舌略沾白水，独自回味冰火舞蹈

不能说破，真爱之外只剩解渴本能

雾

山的意象变幻姿态，借风之羽翼滑翔
在谷底蹦床翻滚跳跃，跌宕俯冲
溅起浪花蕾朵，仿佛恣意本性盛开

以光为路完成又一次登顶，再次坠入迷茫
举头仰望接通天地神灵，尽情想象朦胧甜蜜
伸开十指抓握虚无，仿佛爱情的模样

只是模糊了片刻记忆，真相暂时被遮挡
重来时更加清晰，印迹青苔陡壁裂隙
莫名隐忧挥之不去，梦的形状写下真实

蜻　蜓

白露打湿了秋的翅翼，低空徘徊扑倒
风路过现场，并未参与谋杀
看见一地横陈，心碎的暗红色花瓣

隐遁潮湿阴暗，远离灯火厅堂
无数次蜕变，甩掉桎梏外壳
飞身不确定的陌生，哪怕靠近死亡边界

不懂雪颜月影，黄昏温存后戛然而止

两季生命，只在光明里舞蹈双飞
最后记忆柔情影像，永生回味

稻　田

自流水越过东边围堰，迂回井字泥埂
穿梭簇根叶下，跳跃在反光镜面
与鱼虾达成某种默契，留下或者带走什么
由沙河自主决定，确保每趟经过不空虚

铁锹掌控水流方向，一点锈迹残留
夜雨忪惺，短暂闲置生出四肢病痛
厚硬老茧蚕食光阴胡须，打磨额头沟壑
仅剩数茎灰白，融进霜雪清冷

一支长杆划出雀鸟领空，每一次试探
都被拦截在低旋，无声偷袭以锐叫四散
拉长手臂使弧线半径无处不在，进退随意
帽沿下的睡梦半寐半醒，动静瞬息转换

艾蒿烟气笼成纱帐，人字草庵开合撒捺
棚顶渗进星眼几点，在喉咙里惊叹
骨骼脉络挣破皮肤，暴起青黑曲折
七十载坎坷不平浓缩在，五尺裸露苍老

爷爷与稻子一样，垂头向地，抵达终点

弯腰成镰刀锋利，冲锋陷阵斩获顽敌
堆叠直立记忆，咀嚼年少的筋韧
捆扎禾把烧沸灶膛，一片大好时光

大　寒

从冬月转到腊月，仿佛从
冷冻石凳跳上熏肉肋条
时间，分明添加了味道和温度
空气里插着红绿颜色的旗帜
不再灰暗死板，随风亲热飘摇
雪蝴蝶长出硬骨，漫舞飞扬

枯菊梢头的黄花只留在
念想中，一半的瘦果随水逐波
一半的绒毛羽化缥缈
凌寒独开的坚强，抵不过节气的持续阴沉
也曾盛放过美好，是时间烙印伤疤时
最好的安慰与麻醉

林子里一半的树枝在颓废
一半的叶子纷纷争先逃亡
枝与叶从依偎共生，到各自自保
叹息声是唯一交流的声音
眼神早就失联，在覆雪之后
亲密的尽头是陌生动情

湖冰上一半的草鱼在散步
一半的雀鸟在浮游
鸟与鱼中间只隔层透明单薄
可以看见彼此呼出的气泡
吸进的流动，一些热量在传递
每一次对视都是残忍的缠绵

老家一半的门前挂上红灯笼
一半的厨房柴烟袅袅
蒸煮的味道，碗盆碰撞的响动
勾引欲望口水，顽固把味蕾拉回从前记忆
空寂院子一下住进许多欢笑和喊叫

母亲风干的眺望有了方向
一半的午后昏然欲睡，一半的清醒反复忙碌
鸡毛掸子清扫不净积攒了整年的浮尘白发
凝霜遮住了翳目，混浊在无人寂静
重生的耳朵异常灵敏，深夜不眠

父亲的影子频繁闪现，无处不在
站立街道，半蹲墙角干土堆上
佝偻腰身，抒平了微微的叹息
茫然眼神与家门口，隔着无法逾越的距离
人间天上的哭泣不是梦境，是真实

浮现奶奶脸上堆积的严肃
皱纹刻印虔诚表情，掌心向天奉送
额头叩地祈求，忍不住嘴角
自然高挑的嘲讽，空虚施舍的
谎言，能当真么。今天夜里
斜视的蜡烛光，流着泪默然拜服

城里一半的思想在打包
一半的人想挤进污浊空气
他们是一段年老和青春
是一季春花后的秋，不曾牵手
也许错失，但终将融合在同一躯壳
走散的魂魄聚拢时，才算圆满

年的手臂一半在眼前挥动
一半在身后托举重负
大寒的利齿在掌心留下撕咬的碎片
泪水已经不是疼痛，肉体早就木讷
靠近心的泉流鲜活汩汩，一往无前在奔涌

回家（组诗）

对　联

一副欢喜模样，期盼的热情燃烧眉眼
老楸树的褶皱里，糙皮也焕发了幼年活力
枯萎之手撕开雾霾锁闭，露出明朝晖光
装点齐整的堂屋，正襟危坐

暗泪莫名滑落，笑语掩埋了
欲哭的冲动，为失去，为得到
为吞咽的委屈和呕吐的脓液
刹那间，剥离了全副武装
还原赤裸，恰如初降人间的瞬息

奋力挣脱枷锁，是回归的意义
走过火焰炙烤的盆地
走过无边荒漠的孤独，从悬崖跌落
在激流中磨蚀，胸怀被委屈无奈喂大
填满酸涩辛辣，多味杂陈

抗争只是形式，心意早已认同
排斥不过是情绪转弯时的停顿
最终会全盘接纳，血液里的继承

沉默无声，自然无痕
谁也逃不出潜网的约束
宿命不是传说

脱口而出，那些熟悉的老旧词语
俗艳如同鲜血淋漓，那些极致的色彩
搭配，颠覆所有美学原理
喷溅颓废冬野，滑翔的弧度
激活深潜的种族基因，图腾瞬间
覆盖萧瑟冬寒，就像春天提前抵达

窗　花

收割后的荒凉人间，缺失太多
仿佛回到混沌初始，思绪紊乱
鸿雁向南迁徙，春花按捺蓓蕾
山谷泉水冻结成冰凌
困守石壁一隅，汩汩鸣音噤声

折叠一把晚霞，裁剪成锦绣
梦里图画，与梦一样轻盈
把无状的心意附着在，单薄团形
肉身也安置妥帖，与心同在
等待一个盛典，接纳回归脚步

凝练成的一片雪，深情注视

那扇窗口，写满寂寞的窗
端坐拉长的侧影，无语成佛
我的喜欢把你镀成金身，遮住外面
红绿喧嚣，宁静住进心波

怎样表达不舍，依恋是眼里
唯一光芒，穿越黑夜而来
长久等待后，在接近地平线的
一刻绽放，常春藤枝蔓缠绕木窗棂
银芽柳的柔条，洒满雪光

灯 笼

躺在地下久远或者新近的亡灵
从朽木腐草里发出羸弱萤光
引领眼睛走向，回归陌生的亲切
熟悉需要逐渐适应，蓦然惊醒
故居只是遗失的体味，隐约飘忽

云端之外漂泊的梦
犹疑十字街头，无限宽广的世界
被压进行李箱，随脚步奔流
你苦苦追求的美好，究竟是什么
自问，向天倾诉，没有答案

无端摇曳，不为照亮夜路

只为让你一眼看见，这团热烈燃烧
一点红色聚拢，膨胀成心的渴望
你走过时，肯定能听到放松的叹息声

无声召唤，隐泪的哭泣
皴裂笑脸终究短暂，浮光渐暗
月光下的阴影，是无法改变的遗憾
甩也甩不掉，溢满浓缩乡愁
如影相随，一路曲折

爆　竹

沉默是常态，不温不火
一路平稳，拉长寿命尺度
沉默也是包装精美的死亡
被甲虫蛀空内脏，徒留微笑表情
迎合着许多期待的企图

灯光完全消失，音响等候调试
沉寂的东半球正在酝酿
一场盛大的出场，帷幕还没拉开
人头攒动，穿梭流淌
所有兴奋的目光都聚焦一点

从未如此荣耀，周身沸腾
使命降临，卑微瞬间擎举天地

月色退隐，偶尔显露的流星
飞快划过黑夜，不留痕迹
脸上因紧张而发烫变形，热血鲜红

生命即是燃烧，燃烧激烈爆炸
爆炸让能量均匀分布，形成永恒
这一连串的欢呼，似乎解读了
天空的密码和内心孤独
或者，还有更深的虚无

春　节

风吹过的暮色
天空海洋般纯净蔚蓝
枯枝们伸出水母的触须
张合，游移，搅动阳光照不到
的深沉，鱼儿无忧无虑

月亮，落在星星升起的方向
这一天，总有一些闪耀
一些退隐，浮躁的壳裹紧
空虚的核，不属于白天的情绪
此刻，被夜珍爱收藏

爆竹声捂住伸长的耳朵
乡愁摁压我站立的肩膀

归去来兮的脚步，匆忙轻浮
走在茫然旷野，迷失黎明之前
除了呼吸，什么可以长久陪伴

在灯盏波动的华彩里
思念冬天最后那一片飘雪
于是，世界安静下来
想象伏在你胸前，等待心里的花
整点开放，顿生明媚

回　家

肿胀行囊，蜷缩了干瘪世界
真正属于自我的，仍是一无所有
看到的星光，是亿万年前的闪烁
听到的嘈杂，是他人的急切
夜色里长出红灯笼，是街道的艳妆
霓虹绚彩，是寂寞的掩体
除了思念，什么能够久长不弃

思念逆流而上，冲破寒冰阻力
凛冽的风散乱了头发，皮肤下苍白
裹着毛细血管，渗出绯红女巫
撤离一场战役，投进悲凉的回归
谁在导演羞愧胆怯，以及茫然的
实景剧，飘忽光影里

是犹疑的难言，无声坠落

老槐树的空心，贮满儿时记忆

模糊睡意，被脆笛声叫醒

铅笔刀刻画的线条，伏成扁平模样

在熟悉的纹路里，找回青涩体验

突然喷薄的热流，止不住肆意奔涌

那些被挥霍的时光，凝固在某个瞬间

此时一一浮现，伤痕累累

回家的路，是唯一方向

摆渡人撑杆划桨，在漩涡里挣扎

剖开的河流，转身弥合一体

路的形式只有一次，每次出行

需要再度开辟，逐渐陌生的泥土

摇篮里听到的歌谣，萦绕耳际

弯曲的车辙印，一路相随

回家的感觉，是笑靥上的露珠

滚动天空的倒影，是窗外的冰凌花融化哽咽

欲罢不能的梦，在天堂与地狱间穿梭

这人间的渗透，深入骨髓

挣脱与投身，一样纠结

什么可以抚慰，众多的泪眼

回家的渴望，让心莫名忧伤

经历的沧桑，被沉重脚步覆盖

隐秘日记，该如何呈现在团圆时刻

柴草的炊烟，拉直了眼睛长度

心底召唤，是聚拢的敕令

谁能拒绝这失传已久的密码

穿越时空的邀请，盛宴马上开始

第三辑　亲情空间

不同与生俱来，注定一路孤独
宿命或是选择，分界模糊不清
明晰的事实无言沉重，拿起放下都是遗憾
再也回不去曾经，转世又是另类可能

柴薪传递的不止线条和光洁，还有痛楚
细微伤情也能贯穿心房，无法修饰弥补
保持站立姿态，闭合所有泄露口径
塑造的躯体里，一定汇聚着超然无形

——选自《泥魂》

空心村（组诗）

伤痕母体

已经乏力，需要休息
在毒辣下暴晒，逼走浮升的郁闷
让淋雨冲刷，找回弹性青春
大地子宫要回复温暖湿润
被掠走的微生物需要重生的通道

乳房早已干瘪，贫瘠母亲无力
给孩子足够奶水，身体见风茁壮
经常饥渴难耐，从噩梦中惊醒
可怜的母亲，她养育了太多孩子
她被榨干最后一滴血，只剩一副躯壳

只有攫取，只是掠夺
没有回报，哪怕只是回眸的温情
也足以缓解创伤的痛感
铁的履带碾过骨骼，尖锐犁铧剖开皮肉
欲望翻检残留，一枝枯根也不放过

怀念天地初开的原始，直树张扬个性
野草摇摆知足，自我责任只是繁衍

取之于自然的阳光流水，还归自然的生长
始于空白，终于空虚，呼应时间的流淌

消失的瓦松

爷爷总是说起，他的高骡子大马
他坐在木轮马车上的荣光，每声响鞭
都能割开路面，把泥点甩到十里开外
托举一座房子，大红绸子覆盖白芦席
红盖头遮住奶奶的羞涩慌张

毫不掩饰生育能力，五个儿子是
骄傲资本，自己是家族的统御
咳嗽声发出集结号令，大片成熟的
麦田翻滚欲望，仿佛燃烧的能量
在最美时光，热烈呼吸

没有不竭储藏，十指勉强擎起
四角院落的天空，屋顶低矮压抑
那些豪情的呐喊声，突然逃离记忆
回想变成浑浊眼底，无泪也红肿
迎风的时候，总是假装多情

多肉瓦松与青苔一同消亡
如同腐朽的檐头，或者遁入泥土
或者无焰燃烧，把自我无限压缩

从占据的空间退出，还原成诞生之前
被忽略的微粒，光阴只是一种过程

梓树花开

窑背一排梓树绽开鹅黄，衰老的
去年荚果，细瘦依旧垂挂枝端
六月燥热情绪，裹在夹衣里层
被堵在窑门口，地坑院风不流动
雕刻铜版画的沉重，树皮布的皱褶

父亲与他的兄弟们默坐门墩
烟卷一点星火，吞吐青色叹息
木讷如河石，被磨钝棱角
偶尔显露的参差个性，只是抓挠
老茧的凹凸，无关生活痛痒

原本最惧怕的饥饿，被风轻轻吹走
锄头、镰刀和犁铧，在墙根锈蚀
如同不被需要的自己，遗弃在屋角
被遗忘的阴郁，结满蛛网
笼络旧时光影像，谋求生存

活着，容易得可以忽略
生活，显露卑微的苍白空虚
拆除篱笆的院落，四面都是路

风把脚步吹向每个方位
无数丝络总能设法牵住痛点和泪眼

寂静清晨

村小学的楼房，兀自孤独
一圈白杨树眼角拉长，纵裂严肃
光滑青白的少年长进外侧年轮
困守在欢笑声的记忆，无限缅怀
总是暗含感伤眼泪，溶进苦涩

砖头硬不过风声，严谨肃穆
变成绵软，渗进沙土地
没有过渡痕迹，看不见殷红血流
高不可攀的礼堂，被麻雀踩在脚下
散发奶白色光芒的窗口，赤裸难堪

歪斜龙头，偶尔滴答铁锈
腐蚀的内脏，不断剥离血肉模糊
曾经以为，纯净不会断流
给寒冷裹紧棉絮，足以抵御冰冻
指尖转动的一点力气，什么都能掌控

铃声不再敲响心之所往，青涩
无法逆流而上，一片初阳储藏在
1981 年 5 月，脚印再也不能刻印尘土

旗杆下的注目，只属于旧梦
为什么遏制不住，泪水的热度

空心村庄

收割过的麦田，大片绿意
长满坠落的早熟颗粒，杂乱无序
放纵自我随意，让青春身体疲累
过季抒情总让人心痛，理性按捺不住
悸动，自由是永远的借口

不再弯腰捡拾遗失，关于饥饿
衍生的一切记忆，都被深埋耕作层
再次翻开，已无伤口可以触摸
饱胀肚腹，懒于消化野菜记忆
空瘪的难寝深夜，被呼噜覆压

精致雕塑的海兽，昂扬屋脊
与辅首一起，抵御不存在的入侵
假山石上长出虎耳草，卷须披垂
回想盛大落成典礼的鞭炮，犹在左耳
而右耳，只有黄昏的麻雀嘈杂

水泥路耀眼白光
照不亮老碾盘旁哑声黑影
学步孩子腰间的把扶，青筋暴起

那是属于奶奶的枯瘦，60 年前
30 年前的指节，延续粗糙温度

民俗村

青石板来自更北方的黄土深处
铺平空旷街心，尽头是梯田
断裂就在脚边，隔开低矮枯麦
干瘪穗子挤尽了水分，把青春的草色
倾泻槁黄秸秆，摇曳梢头

纺车吱呀里，只是风声转动
缺失棉花锭子绵延的纯白呕吐
劳作成为一种体验，对逝去的缅怀
偶尔停驻，怎么也阻挡不了
尘世间的决然行走，边忏悔边继续

废弃石磨，在等待中消磨自身
消磨棱角，那些被碾压的时间颗粒
在另一片黄土地，早就生根
时间以死亡的无情延续，而我总
停留在多情的追赶，关节疲惫不堪

总是为虚无的事物神伤，不知道
心的承重有没有下线，怕突然坠落
连破碎的呻吟也发不出声

理想家园构筑的现实，一再坍塌
故乡的泥土味道，只会在梦雨中飘散

陌生的归来

跳出龙门的鲤鱼，找到了自我天空
飞翔速度超越河流，诱惑是持续动力
俯瞰低空，仿佛寂寞深井
平静懒散，丧失了沟通的本能
母亲！叫我怎么去爱你满布伤痕的躯体

每年一次的归来，具有回溯意味
短暂团圆，只为斩断远离的牵绊
鲜活逐渐枯槁，聚合走向无力
最后一点念想，只因为亲情余温犹存
丑陋的躯壳，面目更加狰狞

儿子转变了乡音，孙子把故土
视作故事里的历史，老爷爷是传说
关于饥饿，关于粮食蔬菜的生长
是谎言，是杜撰，是陈腐的消遣
谁会蹲下身体，叩拜生命的根源

风吹不走的沙砾，孤独沉淀原地
浮云掠过晴空，没有任何暗示
胃里呕吐空虚，反哺的营养在哪里

归去来兮！家园荒芜

滋繁的葎草蔓延横行，如此茂盛

希望的田野

固守，终将被大势抛弃

泥石流，一次次摧毁燃烧的火把

断流泉眼，淤积干涸的重量

时代不需要，山脊上的直立梯田

不需要林中切割出的游泳池

抛弃哀伤，拥抱改变

把阵痛的时间压缩到最短

把丑陋的腐朽，转化成诞生之初的滋养

让振兴不仅是政策，更是社会责任

让腾飞的翅膀，长在每一个村庄

多种产业的聚合，农业只是之一

把不属于生存的地方，交还给大自然

让青山活在原始记忆，让绿水环绕洁净如前

我们只是大自然的过客

需要正襟危坐，低垂张望的眼睑

星点火花正在蔓延，十字路口的

彷徨必有终结的一天，脱掉褴褛袍服

轻装上阵，留恋的是不舍温暖

走向的是整合的山原，一地破碎

拼成锦绣家园，覆盖模糊隐伤

石头记

1

石头里有火，燃烧皮毛
留下一堆碎骨，散发焦煳味道
甘泉宫前石熊的身体，只剩对月哀号

2

石头里有水，凝固河流走向
从海底隆升山巅，潜进密布的须根
驾着马车，拉起石头的尸骨奔赴海床

3

石头里有森林，剖开身体
开绽菊花雨花和星空，覆满始祖鸟的羽纹
溢出青草的绿色味道

4

石头里有声音，骚动鼓点密集急促
从冰川纪持续敲击，沿沣水滚落
家门口空心槐树，每晚都能感知胸骨里的回响

5

石头里有记忆，佛陀过滤苦难往事
让笑容不再是表情，是低眉的修行
是灵魂的摆渡，是天空的虚无

6

石头里没有心跳，击碎外壳
露出软体虚弱，不设防的忧虑
会变成皮鞭，把自己抽打得伤痕累累

7

石头里没有血液，红色和青色皮肤下
也许流淌着同样血型，给你献血
要怎么配型，只说爱真的不够

8

石头里没有钟摆，拉不住星光移动
刀刃划过黑夜的滚烫，让石头耀出火花
点燃一瞬激情，如烟似梦

9

石头里有什么呢，赌石的人都是
在与自己博弈，肢解身体和天空
押上眼睛鼻子心脏灵魂，和终身依靠

10

石头把自己抛进河流，涟漪渐静
仿佛什么都没有发生，流水走远
河床沉积许多心事，无法排遣

11

石头日夜清洗自己，褪掉青苔
褪掉表皮和色彩，只剩下坚强的心
越磨蚀越紧致，浓缩成一个永恒信仰

在咸阳非遗馆（组诗）

唢 呐

晴空一声炸雷，只是序曲
连珠滚动紧随其后，推动风声浪潮汹涌
激情裂帛，爆发于长久压抑
反击态势，无力阻挡，震彻九霄

从被追杀的豳州黄土台地出发
呜咽里扶老携幼，随漆水河漫溢
悲壮里不屈的高昂，直泻平川
飘散种子落土生根，绵延百里

荆棘丛林白手重建家园，向天祈祷
婉转长歌柔情低诉风调雨顺
寒夜枕着疲累，呻吟声中期盼温暖
母亲手掌抚摸脸颊后背的熟悉安宁

聚合征服的呐喊，劲扫腐朽
翻卷龙旗图腾，汇流丰镐直奔渤海
欲望脚步从来没有停止，主动或者被迫
号令雄心千万，目光如剑，直上云端

牛拉鼓

不能斜挎腰间旋转，扭动委婉
不能攥在手心随意摇摆取乐
一定要站立大车轮上，由腱牛牵引
在铙钹梆子呐喊助威声里出场
以王者姿态目视空旷，坐镇高台

对仗纵队四目利剑，威吓犹疑懦弱
退守之路被拦腰斩断，唯有勇往直前
骨里豪气被立时唤醒，血脉贲张
踩踏西北风构筑的如砥平川，自由飞扬
木讷胸膛承载狂飙烈马，无形广阔

没有硝烟的战斗，悲壮丝毫不减当年
致敬厚土的腰背尽兴释放，夸张扭曲
日月叠加成浑圆饱满，轻捶慢敲
空空心生发久远共鸣，谁能听懂
激越背后深沉的低吼哀号，凿穿亘古

剪花娘子

锄头播种春天，镰刀收割晚照
暮归耕牛喷出温热气息，甩开炊烟翅膀
看家狗的尾巴，蜷成太阳的欢喜
长柄旱烟杆吞吐后沟道的石子和清溪

枝头喜鹊尖嘴啄食戴露的沙果

空空树心装满芳香
眼睛牵住凤尾蝶的飘逸
吱吱辘轳绞出源远流长，滋养干渴
传说与故事随棉线锭子，吐出悠长时光
回家与出发在塬坡头交汇
在雾气里融合，一把星眼浮隐云朵间
看见了小山村所有故事

贫瘠土地生长着繁华梦
凤冠霞帔妆扮华贵，端坐锦绣华盖
一头油亮发辫，编出风情无限
在黑夜预知光明
千手观音十指裁剪自我世界
鲜活真实，超越现世桎梏
成全了神一样的存在

潜意识流动的信念
塑造了另一个我，叠加积累
时而剥离，时而合一
灵魂自由穿行肉体凡胎，举动就是敕令
絮语唠叨一半说给自己，一半循着光影
抵达黑夜与白昼的分界点
归于日，归于月

三寸金莲

小巧只能放进婴儿柔软，只掌抓握

精致刺绣穿蝶牡丹，连理新荷亭亭

玲珑枷锁披道德外衣，从来不缺少甘心就范者

飞燕柔媚起舞的缥缈

把男人女人的心都剪成一拳大小

折骨彻痛，抵不过千古固化窠臼

酸楚泪水绑缚最好嫁妆，与童贞一起藏在裙底

随马车轱辘碾过无痕岁月

三寸金莲筑造牌坊，传承两千年

无形无字墓碑，祭奠多少无名芳华

闪过奶奶洗脚的情景，不忍直视

总在午后暖和后院，偷摸进行

仪式感解开层层裹布，露出倒三角

扭在一起的枯树根，狰狞恐怖里充满委屈

时间麻木了脚趾和自我，没有悲哀怨恨

我知道，它们早就死在七十年前

农　具

挂在土墙上的寂寞，稍显作秀夸张

蕴藏曾经风光记忆，刨搂厚土胸膛

砍割直立成熟躯体，捶打金黄欢喜

碾压浑圆饱胀，创造改写手边经过的一切

代表那些死去的同类，以一己之身殉葬过往
如同太爷，爷爷，父亲和堂兄弟
生于厚重终于深沉，无力挣脱土地
往复循环的宿命，续延这份传承

渐忘不堪苦楚，意识会自觉淡化
一些片段细节，出离后的留恋，无限温暖
毕竟我们的记忆远远长过七秒钟
足以唤回漂泊的灵魂，还归真实

年代绣

散落茅檐草舍，淹没尘埃污渍
老旧样貌模糊了记忆碎片，逝水流年
白细布上刺穿五彩梦，清苦里一点奢念
春风十指，游走于梦的方向，心的期冀

烙印淡化记忆，追赶时髦符号
寻求一致庇佑身份，隐身潮流之中
打倒的声浪助推浩荡，耳边回响
小心藏起的私欲，占据大片空间
红花绿草迎着朝阳，平和里没有硝烟

自我压抑阴郁，笼罩一个时代上空

忙碌不歇，是空虚与阴谋最好的遮羞布
疲乏肌体，是摧残心智缓慢而有效的途径
一切人性诉求，都被扭曲成毒蛇猛兽
鲜活的心钙化，蜷缩到枯死硬壳尖角

火药味弥漫炕头，亲密之间隔着路线
呢喃声说出旁人语言，根红苗正是
检验忠诚的首要条件，自我感受忽略无影
斑驳泪渍同时刺绣枕面，还原从前
谎言里的真实情感，在不起眼边角的草尖馨香

过事饸饹（组诗）

出　生

哭着闯进着纷杂世界
闭眼不屑与闲人答言
为你来临，房门帘缀上红布条
拴上桃木棒槌，一家人踮脚走路

端详你的眉眼，鼻梁
寻找自己的印迹，家族的基因
轻抚绸缎般的肌肤，让体温在指尖传递
久违柔情里蓄满大哭的冲动

捧着无骨滑软
供奉自己的眼睛和生命
不敢大口喘息，唯恐惊动你微笑的梦

办一场热闹的满月宴
为你做人生第一次洗礼
告慰祖宗一声，宣布你的势力范围
感觉掏空的心在你身上跳荡

婚　礼

最隆重的一场演出
主角只有两个人，陪衬是满屋的笑脸
红色鞭炮声里，红色高跟鞋
踩上红色的毯子，穿过红色拱门

没有彩排，全程直播
在这之前往复的谈判，已内定了基调
未尽事宜随机发挥
初次登台的喜悦难以掩饰
青春花蕾在这一刻盛开

热闹欢庆的鼎沸中
突然生出莫名惆怅
红装里藏满犹疑不安
与客散席凉后的惊惧
余生要怎样与这个人磨合

葬　礼

犁再尖也犁不出通天路
锄再深也挖不透耕作层
脚再勤也走不出这片黄土地
每天弓背请安问候，俯仰间流年消瘦

终于可以伸直全身，双脚并拢
两手闲下来长睡不醒
不去考虑今天是否下雨
不再顾虑风吹落树上的果子

海之子殁于海，天之子升于天
黄土地的子孙深埋厚土
毫不保留还归母体，此生只是一段经历

是因是缘都起于此
是孽是怨都了于此
而这告别的一刻，却是最隆重的仪典
在吵闹的乐声，在哭咽的嗓音中
最后一次让人世间响动

大嫂说，火化？
想想都害怕，受那罪
城里走个人跟死个鸡一样
清苦，寡淡，不如村里

过事饸饹

火的舌吻着锅底
锅的心在沸腾里煎熬
发出欢快或悲愤的嘶鸣声
连锅灶的风穿过一眼两眼三眼灶台

游走在倾斜通道，带着柴火蓝烟升腾飞天

鸡架猪排骨在滚沸里喘息
把浑身蓄积的能量和香味释放殆尽
把自身也化进汤水，与豆腐丁葱花相融
勾兑味蕾无法挑剔的乡情，一种小锅灶熬不来
大饭店读不懂的极致

硬杂木割的厚板，铆上生铁铸的架子
横在灶台锅沿，配上长长把柄
一头吞进荞面块，一头吐出绵长柔丝
牵着游魂和口水在锅里婉转

揪段，攒团，拌油，浇汤
一种无法言说的感觉，脉管里流淌的诱惑
基因里固有的记忆，戒不掉的瘾
行走天涯也走不出粗糙瓷碗
那份伴着蒜泥的思念

十里塬（组诗）

秦　腔

如歌弦板倾诉心言曲折

铿锵铙钹击打每一个毛孔

如泣的嗓音荡涤回肠

急雨鼓点敲响最脆弱神经

那一声裂帛的呐喊，直冲云霄

苦焦的日月里积蓄愤懑

单调的劳作中憋闷喘息

昏昧淋雨天难消怅惘

冷冬长夜棉线锭子缠绕愁绪

欢庆打麦场，爆竹声，不能压抑激越昂扬

耐住无声寂寞，开出炫目蕾朵

忍得了震耳喧闹，还归止水的心

收放时气息扑面，浓郁醇香

张弛间千年流逝，周秦音韵汉唐风情浸润骨血

铸造一声呐喊，一曲委婉

就该是这八百里秦川的产物

冷硬西风里厚重黄土层

一刀一斧雕琢，一砖一椽堆砌
孕育生活缩影，几多锤炼锻打
结晶尘土飞扬的忘形释放

十里塬

两侧破碎的沟壑深谷，隔离了阡陌
生成苍茫轻雾，笼罩遮蔽
一望的塬面孤岛般浮出水平线
鸟一样张开翅羽，顺风滑翔
掠过村旁大片新麦田，在阳光里旋转

找一方小径旁的院子
穿过栅栏门，落到高擎的向日葵上
让那一抹纯粹的金黄，点亮空虚雨夜
给灰色梦涂上收获的色彩
追随一双黝黑粗手，铺展苇席
晾晒豇豆荚，紫辣椒，荞麦皮
再摘一捧前院的肉豆角，后院的西红柿

栖一株挺直楸树，每天倒数月缺月圆
计算苹果红熟的时间，看合家下地
撷取云霞一片，装扮喜悦眉眼
有多迷恋春时的花，就有多沉醉秋日的果
心已飞越脚下的十里高原
向更远的想象靠近，轻盈美满

回转身体看背后厚土，热泪潸然

向日葵

满怀期待地
看着它垂下谦逊的头

时光正好，微风拂过
田野里辣椒透红，高粱眺望远方
土地诚实，空壳暴露了当初
浮夸表演，不过是临时起意的谎言
时间不容欺骗，九月到了
收割者取走一切善果

真诚的颗粒，与阳光达成默契
无须仰望，一些物质在体内
已经完成了交换

雨水洗净脸庞
光芒照拂的笑容，成熟饱满

柴　门

几根弯曲连皮树枝
被一根细铁丝拦腰围绑
就成了一扇门，挡不住风，挡不住雨
挡不住光，挡不住音，挡不住外面的世界

挡不住想要跨出去的脚

兜转半生，伤痕累累，行囊空空
残阳如血的黄昏，横亘心室
压抑自己，拼命挤出来，发现归路那么坎坷
曾经满怀的意气，早作华发覆首

游走在是与非之间，梦境与现实边界
不明了下一步将踩到哪个点
忽然忆起那扇柴门，柴门后的土窑洞
总难承认许多的不可逆转
不愿直面得失，唯恐清醒后更孤单

后山坡

一面簸箕形小土丘
紧连杂木林，边缘密布粉白花的忍冬丛
蓦然闯入，惊飞几只黄雀争鸣
一只草兔横走，翩跹凤尾蝶触手
阳光斑驳漂移，深处藏满无穷

没有玩具零食，没有电子产品的童年
该是多么灰暗，努力检索历经的困苦
竟全是欢笑，初春柳笛声声天韵
伏夏浆果酸涩尝鲜，蝉声的聒噪充耳不闻
记忆过滤了皮肉磨砺，保留了刻骨印迹

单纯的白勾勒几笔线

注定比满纸的纷繁，更难忘记

寡欲心房，丝微光亮足以盈满

充斥其中的装饰陈设越少，空间越大

足以承载一生的温暖记忆

下雨了

天空之心滴落冰凉水珠

只是承受不了云的重托，没有爱恨

偶尔莫名的情绪发泄，无关风月

可是，每次这么想的时候，都感觉在撒谎

曲解了它的意思，无法说服自己

身在高远深邃，眼睛俯视桑田

枯干焦躁的土地，期盼这一滴太久

绵软柔滑肌肤，只等那一次邂逅

生恐倾情付出会变作单相思，空欢喜

如果江南没有烟雨滋润，会是怎样容颜

如果黄土塬总是氤氲浮沉，波光碎金

怎样的华文都显苍白，给你一担昆仑水

借一弯月犁，播一畦星种，做一回农夫

你可愿耕耘这山河阡陌，收获几许期愿

瓜　棚

人字形杨树椽搭成的瓜棚
逼仄得只容一人猫腰出入
开敞得蚊虫自由行走
一个最简易遮阳避雨的落脚点
无异于神圣殿堂，爷爷就是座上王

弯背点种，拔草，抹芽，压蔓
眼见着黄色小花开了，败了
指头蛋大小的子房，在骄阳油渣水的作用下
一天天膨胀，成拳，成碗，成盆，滚圆
翠绿底色上印满墨绿花纹

鲜红的沙瓤，吸引远近蜜蜂
开园了！一声呐喊，是为出阁孙女的送行
为乡亲路人散发的无字请柬
为自己春到夏，无数次鞠躬叩拜的回馈
爷爷的腰日渐弯曲，最终也没有直起来

新直道（组诗）

赏　春

泥土苏醒本性，率真和欲望
云朵上盛开灵性通透的心意
信手拈取，写成一支诗，一曲歌
展臂轻挥，搅散了一缕幽静
一缕新鲜，一缕暗香，一缕清润

从杏花开始，次第穿过油菜桃李花
归结到苹果花，冷峻沟壑换上温和面孔
层层涟漪，从田间扩散
波漾林间山头，陡坡崖畔
姑娘的脸颊盛开一朵云霞的红

在燕子点水的黑白剪影里，感受深情
在圆缺月色蛙鸣声外，解读沧桑
从酥雨脚步看见箭矢的追求
崭新迎风向上，如同心河源头细微而执着

消　夏

连翘丁香白鹃梅的温柔，已是春天记忆
黄刺玫鲜红皮刺，依然冷峻枝头

护卫敏感心思，松柏涛声一波接一波
从鱼脊的山梁两侧升起回落，消散
凤尾蝶扑闪双翅，红白条纹是六岁的欢喜

泾河细浪裹挟泥土气息，穿越层林
腋下升起津凉，鼻尖留住一颗晶莹露珠
风往复云端涧底，传递雨的信息
报告太阳行踪，每一天都有事情发生
石上波纹木里年轮，记录过去的一切

亚热带的腐殖土，河马活在亿万年前
热血已经温凉，沧海干涸于黄土高原
流萤点亮夜斗室，鸣虫叫醒床头帷帐
泡一壶甘泉水，与低垂的星眼私聊
任光阴滴漏，风干昨夜热泪

采　秋

冰雪下生发，寒霜后蓄纳
追随召唤的步伐，不紧不慢
把等待寄托在锄尖犁头
一步步丈量，劙开远古耕作层
露出绵土黄垆土，纠结的杂草根，顽固的料姜石
消磨四季节气，赶走夜和雨的空虚

撷取无遮拦的太阳光，合成暗怀情愫

悄然传递，与天外神秘力量达成共识
把流淌的抽象转化为形状口感，味道和颜色
锁住水分，糖和微量元素，留下永恒

人字梯，剪刀，互联网都忙碌起来
曾经的羞涩在枝头棚架翘首
丰满浑圆的成熟里涌起诱惑情思
挑动潜藏的占有欲，一亩三分地上的王
从未如此张扬，今天要昭告天下
阅尽醉里无边春色，黎明出发
准点直达八方边疆，梦中相见

饮　泉

从泾河不息的激浪里，凝华一股清冽
暗渡树底草根，在山石缝隙里歇脚
吸纳未知能量，加进汉皇的嘱托
雪花的渴念，酝酿出场前的情绪
在光引导下，迈出第一步，从此不回头

低头马背驮着重负，延续流泉的路
从低谷蜿蜒而上，升达天门瑶台御阶
弯腰斟两盏，一盏恭奉太白金星
一盏直饮而尽，迷醉舌尖，舒展肺腑
不知身在梦境，抑或华年永驻肉身

脚踩缥缈，指点山石梁峁
绿植松柏林依流泉的心意排布
沿途朽木烟尘成为必然的泥炭沉淀
偶尔的阻碍挡不住呼吸起伏
视线里的一切都在退让
只为成就这一泓纯净，千年洞藏

告别地坑院

五月风路过腥味羊圈，脚下犹疑
断篱旁的石槽，还留有昨天的残渣
费力冲下狭长斜道，涌进地坑院
仿佛回到梦里假设，姗姗学步的磕绊
窥视了黄土地久远过往里的孤独

窨井水面漂浮的枯叶鸡粪，已经凝固
绞水辘轳的吱呀声，也填埋
不堪记忆从半榻的土窑洞前，连根拔起
四方小院，只盛装四方井天
半夜月色，枯瘦柴担
挑不起活鲜，担不动明天

终于不必躬身从地面下到三米地心
挺腰平视初升的太阳，从未如此贴近拂晓空气
院底几辈子留下的老槐树早已空心
窄窄皴皮撑起几条树枝，开始生命倒计时

而前山的小树林，正青春

新直道

孟家湾郁闭的莽林，记忆了深处故事
泉溪流淌着秦韵汉赋，吟哦诵读声蜿蜒盘绕
曲径在雾气里迷失，试探叠岭幽谷的宽厚
热血贲张的脉管，热烈冲撞
一头拴住咸阳，一头掌控八方

在离宫听取信报，调遣疾行骑兵军团
在甘泉苑指挥北伐西征，驰降天兵
聆听蔡文姬胡笳悲切，迎接远嫁的昭君归宁
目送张骞凿空西域，接过苏武的节杖
饮一碗御泉甘冽水，濯涤心头风尘沧桑

车辚辚，载着辉煌之后的落寞
从未停止前行步伐，身后没有路
把弯曲起伏拉成直线，不过百里之遥
洞穿两千年暗夜，踉碎夯土秦直道
轰隆机器掩盖战马嘶鸣，成为必然替代

满目松柏绿林是列队士兵的阵容
成熟的秋庄稼如此安静，硝烟里洗礼重生
阡陌交通，打通高原脉络，连缀幻景与真实
脚下遗忘与期冀一同延伸，轻快蜕变
决然丢弃往事负累，朝着日出的方向行进

陈炉古镇（组诗）

凡　胎

掘醒沉睡春梦，风化茫然野心
磨蚀涣散，淘澄游离杂念
沉淀遥远恬淡，安守漫长寂静
耐性在阴凉地回软，长出筋骨雏形

滑腻如处女身体
给双手丰满体会，触摸起伏曲线
触碰律动呼吸，吻过每一寸肌肤纹理
专注忘我盛开，凝望人间烛光

土不是寻常土，是血肉肌理抟捏
水不是一般水，是旱塬珠泪凝聚
火不是闪烁的亮点，是炼狱的邀请
窑不是庸凡地窝，古今秘语气息相连

一次性投进烈焰怀抱，与死亡相融
柔软身体磨砺钢铁铮骨，在燃烧里洗礼
把温存写进釉色，把流动视作表白
尝遍世间千般滋味，饮尽月色的所有多情
成就这青白易碎的长久留存

泥　魂

大地裂隙奔涌而出，飞扬飘洒尘埃
包含铁的冷硬，融化泉水的灵动
黑暗里漫长凝固，烈火中焕然重生
诠释一种存在，践行一种高度
一种极致追求，忘记自我藩篱束缚

不同与生俱来，注定一路孤独
宿命或是选择，分界模糊不清
明晰的事实无言沉重，拿起放下都是遗憾
再也回不去曾经，转世又是另类可能

柴薪传递的不止线条和光洁，还有痛楚
细微伤情也能贯穿心房，无法修饰弥补
保持站立姿态，闭合所有泄露口径
塑造的躯体里，一定汇聚着超然无形

泥里衍生素朴蓝青，转折还归脚下厚重
云端高远难测，嗅不到人间烟火滋味
不求博取天颜一笑，只潜身品尝万家简薄
匍匐卑微灶头，触手可及的饱腹满足

传　承

自定义符咒，罩住胚芽适生温度

低头潜心潮湿阴暗，碰壁中探寻出口
抓紧泥土呼吸，汲取繁茂招展的能量
传承家族脉搏，每一支都沿着各自走向

铁骑踩过平静，倒地躯体铿锵有声
植入骨血的烙印只可摧毁，不能磨灭
唤醒记忆星光，点燃千年前的梦想
就算残破满目，心底温暖也持续发酵

重拾久远自信，听取黄土塬褶皱里的召唤
从头再来的践行，站立层叠窠臼之上
青石堆砌映日泥境，细腻淘澄白云柔滑
播撒一池烟雨，搅匀天地合成的幽然

破解失传密码，把心底埋藏的渴念
描摹成三月春色，耸肩收腰缩口
凤尾蝶在新绿丛中翩飞，朝露映射星眼
瓷冢侧畔再续薪火，风带着清越味道

破碎堆砌成墙

土与火结合，水是参与者，风见证
或者相融，或者抵触，或者心存裂隙
所有可能秘而不宣，交由烈焰评判
其实最初感觉，早就凝固了终极形象

成熟过程伤痕满身，匣钵挡不住诱惑
混沌里一豆萤虫，发散无限光芒
出离的快感遮掩了潜伏凶险
步入塌陷浑然不觉，坠落无底黑洞

允许个性自由生长，原谅热烈冲动的后果
爱的力量可否唤醒隐藏，温暖浸润心田
给时间留白空间，假装无所谓
不要惊扰敏感触须，四处探索的发现

点缀不是本意，尖锐是落地后的领悟
无奈镶嵌成就另类重生，身死魂永恒
残缺砌起完美，每一片破碎都弥足珍贵
无影手指引方向，回归的流动自主完成

瓷 冢

唐时月色宋时清韵，和着一股甘冽泉水
勾绘缠枝牡丹马兰花开，熔铁的密闭里
露出喷薄的热烈，持续叠加给渐变柔软
金刚不坏之身，在呼啸而过的烟气中站起

总有一些不可预测，偏离想象
游走主流之外，一身本色从铠甲的骨里生发
无法逆转回泥土，清浊分明
退缩背阴深壑，隐藏卑微羞怯表情

多少风流萎靡成愁，多少壮志难言初衷
一千四百年来残骸填平一脉黄土，磨蚀不腐
祭奠铁骑踩踏无辜，割裂私心里盲目轻松
缅怀逝去的曾经，灵与肉在云端碰撞有声

古　窑

凝铁保持流动姿态，裹挟冷却灰烬
雀鸟悠长里填满恬淡，不再热烈奔涌
余温催开碧绿奢望，回眸千年昨日眼前
不尽留恋处，穹拱覆盖满腔沧桑

虚构一个盛大场面，烟火熏烤窄衣短褂
额头升腾连续气旋，一致眼光流向黑洞
粗糙封裹细腻，肉胎淬炼不灭魂魄
必经过程，在忍耐中站立，升华，分化

勾勒一颗心的轨迹，不做任何修饰装点
一定随炉火起伏蹿跳，线条陡然
不能伸手试探好奇，意念投入烈焰
无助等待比绝望结果，更能炙烤销蚀完整

青苔在砖缝隙宁静，忘却滴漏声音
凤头菊在冷却上飘摇秋色，绽放心事
"妈也会娃也会，瓷窑背上烙锅盔"的童音

随烟火局促呼吸，飞升云天湛蓝

通　衢

选择记忆的片段，泼洒图画
重叠五色缤纷，仿佛果实累垂锦绣
光站在黄土窑脑，没有一丝分量
空气里却弥漫微甜回忆，深浅层次

风侧身，礼让每一步谨慎探寻
陶阶瓷花罐罐墙，牵引注目
穹拱延伸深邃，双手正推开木棂小格子窗
向左向右分开，轮回在晨光中

架设登顶天梯，回望如蜂巢的家园
穿越脚底柴烟迷雾，不息炉火点亮蜿蜒
雅与俗的分界线，在天地相接处重合
尘世喧嚣纠葛，被簸箕掌扇出无垠

"这千百年踩出来的路，不知有多少古人
走过"，遗落的影子，散发熟悉味道
前世牵手的你我，在迎面的秋里遇见
转角下坡，又是下一季起始

从忘记走向开始

——后记

《花海心田》是我的第二部诗集，收录了 2018 年 9 月至 2019 年 7 月写的 188 首诗，分《花海》《胎记》《亲情空间》三辑。循着记忆，我回溯了在韩南村的生活，它的曾经和现状，把对外面世界的向往，对理想的诠释，对亲情、故土乡情的眷恋和期望，都倾注字里行间，也包含了许多无奈和困惑，应了"关心则乱"那句话。

熟悉的生活，真实的想法，不用刻意思虑。不论散步，还是静坐，那些长在房前屋后的树木，它们开绽的花朵，总是带着笑脸向我走来，不是我认识她们，是她们接纳了我，必须替她们书写；每次回到韩南村，千般滋味流淌笔尖，逼着我不能沉默。对故乡来说，我是一粒蒲公英的种子，早就飘远；对我来说，生长的根从来没有离开泥土，哪怕是瘠薄的沙土地。我得到了人间珍贵眷顾，能回馈什么，唯有一腔真情，一生祝福。

阅读没有停止，扩展到长篇小说、叙事长诗，不能希冀短期内有显著效果，只为让别人在某个节点，唤醒自己的敏锐，在昏昧中保持警醒，激活灵感。梳理这集诗稿时，看到了最初的幼稚毛糙，反复修改文字结构，舍弃了很多立意含混的篇章，但思想性的提升，囿于个人的眼界和经验，我愿意保留这些笨拙的痕迹，让感伤成为珍爱的理由，让逝去以另一种方式永存，让我简单如一，纯朴如初。诗稿整理完毕，放下一切，归于过去，归于记忆，明天又是开始。

衷心感谢鼓励支持我的老师、朋友、家人，感谢编辑们辛苦的付出，人间有你，无憾。

赵剑颖

2019 年 9 月 10 日